一億年ボタンを連打した俺は、
Ichiokunen Button wo Renda shita Oreha,Saikyo ni natteita
気付いたら最強になっていた
～落第剣士の学院無双～
9

ディール＝ラインスタッド
かつて『皇帝直属の四騎士』だった男。毒を司る強力な魂装を振るう、快楽殺人者。
「起きろ――〈九首の毒龍《ヒドラ》〉ッ！」

アレン=ロードル
一億年ボタンによって、極限の剣術を身に付けた少年。突如強襲してきたディールを迎え撃つが——

「これが……完全解放された幻霊……!?」
フォン=マスタング
聖騎士を裏切り黒の組織へ寝返った『裏切りの七聖剣』。気難しい性格で、行き過ぎた合理主義を語る。
「初めて見やしたが、こいつは壮観ですねぇ……」

バッカス＝バレンシア
ローズの祖父。かつて『世界最強の剣士』と言われた名声をそのままに、圧倒的胆力で強敵を相手取る。
「ばららら！
どうだ、美しかろう？
これぞ桜華一刀流に脈々と
受け継がれし、億年桜の
『真の姿』じゃ！」

シィ=アークストリア
千刃学院の生徒会長。アークストリア家の次期当主として会議に出席する。

「これより先のお話は
全て国家機密、
所謂『トップシークレット』
なものばかりです」
ロディス＝アークストリア
シィ＝アークストリアの父。皇族派筆頭として会議に同席する。
ウェンディ＝リーンガード
リーンガード皇国の君主『天子』であり、リーンガード皇国随一の才女。アレンを貴族派に奪われないよう画策する。

CONTENTS

一億年ボタンを連打した俺は、気付いたら最強になっていた9
～落第剣士の学院無双～

月島秀一

ファンタジア文庫

3194

口絵・本文イラスト　もきゅ

一億年ボタンを連打した俺は、
Ichiokunen Button wo Renda shita Oreha,Saikyo ni natteita
気付いたら最強になっていた
～落第剣士の学院無双～
9

一：死闘

『裏切りの七聖剣《しちせいけん》』フォン＝マスタングは、鋭く眼光を光らせながら、バッカスさんが隠し持つ『幻霊《げんれい》』を寄越せと言ってきた。

（幻霊って確か、遥《はる》か昔に世界中を恐怖のどん底に陥《おとしい》れた化物の総称……だったよな？）

俺の脳裏をよぎったのは、二か月ほど前――神聖ローネリア帝国の書庫で交わした、神託の十三騎士フー＝ルドラスとの会話。奴《やつ》の語るところによれば、いくつかの国々は幻霊を秘密裏に捕獲し、巨大な戦力として隠し持っているらしい。

そして現在――黒の組織は幻霊の回収に熱を入れているらしく、リアの中に封じられた原初の龍王《ファフニール》を狙って、これまで何度も刺客が送られてきた。

（だけど、『億年桜《おくねんざくら》』が幻霊ってどういうことだ？　もしかして……あの巨大な桜の木が、バッカスさんの魂装なのか？）

そうして俺が困惑していると、

「ばらららら、バレてしまってはしょうがないのぅ！」

彼は特に否定することなく、大きな笑い声をあげた。

「しかし、一言に『回収する』と言っても、いったいどうやるつもりじゃ？　まさかとは思うが……『世界最強の剣士』であるこの儂《わし》とやり合うつもりかのぅ？」

　凶悪な笑みを浮かべたバッカスさんは、背筋の凍るようなおどろおどろしい殺気を放つ。

　重く張り詰めた空気が流れる中、フォンは平然とした表情で、小さく首を横へ振った。

「世界最強の剣士バッカス＝バレンシア、それはもう今や昔の話となった。現在は不治の病に侵され、真装《しんそう》はおろか魂装さえまともに展開できない『死《し》に体《たい》の剣士』……違うか？」

「……よく調べておるのぅ。澄ました顔をして、ずいぶんと助平《すけべい》な男じゃわい」

「否定せず、つまりは情報通りというわけか。……残念だ。やはり弱った貴様では、バレル＝ローネリアに勝てん。それどころか、七聖剣や皇帝直属の四騎士にさえ及ばんだろう」

「ばららら！　尻の青い小童《こわっぱ》が、えらく大きな口を利《き》きおるのぅ！」

　大笑いするバッカスさんに対し、フォンは淡々と自分の要求を口にする。

「バッカス＝バレンシア。無駄な抵抗はやめて、大人しく帝国へ来い。……わかるだろう？　正義を為《な》すためには、絶対的な力が必要なんだ。あのバレルが認め、『無敵』とまで称された幻霊億年桜。老いさらばえ、死にゆくだけの貴様には過ぎた力だ。だから、私たちがそれを有効活用してやる」

「……『有効活用』じゃと？」

「貴様の体から霊核を引き剝がし、より強い剣士へ分け与えるのだ」

フォンは涼しい顔をして、信じられない言葉を口にした。

（れ、霊核を引き剝がす……!?）

神聖ローネリア帝国の魂装研究は進んでいると聞くけれど、本当にそんなことが可能なのか？

いや、それよりも霊核を抜かれた宿主はどうなるんだ？

しかも、『より強い剣士へ分け与える』って、いったいどういうことだ？

いくつもの疑問が俺の脳裏をよぎる中、フォンは右手を真っ直《まっす》ぐ伸ばした。

「とにかく、これは最後通告だ。バッカス＝バレンシアよ。無駄な抵抗はやめて、大人しく帝国へ来い」

「うぅむ、難しいことはちぃとよくわからんが……。まぁ、あれじゃ……バレルの阿呆《あほう》に伝えておけ。雑魚を何度寄越したところで儂の首は獲《と》れん、とな」

バッカスさんはそれをまともに取り合わず、羽虫を払うかのように手を振った。

「……そうか。平和的な解決を図れればと思ったのだが、仕方あるまい。『正義』の名のもと、その首ごともらい受けるとしよう」

小さなため息を漏らしたフォンの右手には、いつの間にか砂状《さじょう》の剣が握られている。

「「……」」

バッカスさんとフォンは、互いに睨《にら》み合ったまま動かない。

二人の間には濃密な殺気が渦巻き、重苦しい沈黙が場を支配した。

まさに一触即発の空気が流れる中、

「――フォンの旦那ぁ。ちょいとばかしご相談したいことがあるんですが、今ちょっとお手すきですかぃ？」

どこか間の抜けたディールの声が、嫌に大きく響く。

「……馬鹿が、両の節穴をよく凝《こ》らせ。手が空いているように見えるのか？」

「またまたそんなこと言ってぇ、旦那の能力なら問題ないでしょうよぉ？　何せ互いの『相性』は抜群なんですからぁ」

「さっさと用件を言え。これ以上無駄口を叩くつもりなら、まずは貴様から始末するぞ」

「す、すいやせん。わかりやしたから、そんな怖い顔で睨まんでくださいよぉ……」

軽薄そうな彼はパタパタと手を横に振り、

「さっき旦那が砂爆《さばく》で吹き飛ばそうとした六人組……よくよく見りゃ、中々の粒揃《つぶぞろ》いなんでさぁ」

まるで『品定め』をするかのようにジィッとこちらを見つめた。

「『特級戦力』アレン＝ロードルに幻霊原初の龍王《ファフニール》の宿主リア＝ヴェステリア。この二人を手土産に持ち帰りゃぁ、バレル陛下もきっとお喜びになられるでしょう。そういうわけで、億年桜のついでに回収しちまってもいいですかぃ？　いやもちろん、旦那の手は煩《わずら》わせません。あっしの方で、ちゃぁんと全部やっておきますから」

ディールはそう言って、口元を醜悪に歪《ゆが》めた。

その瞬間、身の毛もよだつような悪寒《おかん》が全身を駆け抜ける。

（こいつは……危険だ……ッ）

これまで感じたことのない、ただただ『醜悪な霊力』。

霊力というのは、その人の気質を映し出す鏡のようなものだ。

（リアの霊力は陽だまりのように温かく、ローズのはどこまでも清らかで澄み切っている）

それに対して、このディール＝ラインスタッドという男の霊力は……汚れて、いやもはや穢《けが》れていた。

「……好きにしろ。だが、手土産にするつもりならば、あまりやり過ぎるなよ？　貴様の能力は、『殺し』に特化し過ぎている」

「いやだなぁ、わかっていやすよ。ちゃんと原形ぐらいは残るようにするんで、そんなに心配せんでくだせいや」

ディールは朗《ほが》らかに笑い、俺たちの前に立ち塞がった。

「そういうわけで……あんさんらの相手は、このあっしが務めさせていただきやす。――元皇帝直属の四騎士ディール＝ラインスタッド、以後お見知りおきなすってぇ」

彼は人懐《ひとなつ》っこい不気味な笑みを浮かべ、色の薄いサングラスを中指でクイッと上げる。

それに対し、俺たちは素早く戦闘態勢を取った。どんな攻撃が来ても対応できるよう重心を落とし、いつでも魂装を展開できるよう精神を集中させる。

「……あり？　てっきり自己紹介をし返してくれるもんかと思いやしたが……。なんかそんな空気じゃなさそうですねぇ」

ディールはがしがしと頭を掻《か》き、肩を揺らして苦笑した。

「六対一だが、悪く思ってくれるなよ……？」

これから始まるのは、決して稽古や試合なんかじゃない。

文字通り、『命』の取り合いだ。

数的有利はこちらの大きな強み。それを十全に活《い》かして、立ち回らせてもらう。

「えぇ、もちろんもちろん。お好きになすってくだせぇ。……と言ってもまぁ、『実質一対一』みたいなもんですがねぇ？」

彼は「くくく」と笑いながら、ただ一人――俺だけをジッと見つめた。

「さてさてさてと……そんじゃそろそろ、やりやしょうかぁ。蝕《おか》せ――〈英雄殺し《デッドリー・》の劇毒《ヴェノム》〉」

彼が大きく両手を広げた瞬間、空間を引き裂くようにして紫色の剣が姿を現した。

ディールの展開した魂装〈英雄殺しの劇毒《デッドリー・ヴェノム》〉、それはひどく歪《いびつ》な形をしていた。鋭利な刃先は鋸《のこぎり》のようにギザついており、峰《みね》の上部には鎌の如《ごと》き大きな刃が三つ、中部から下部に掛けては尖《とが》った針山がある。

ただただ誰かを傷付けることだけを望まれた、恐ろしくもおぞましい魂装だ。

しかもよくよく見れば、その刃先には謎の液体がてらてらと輝いている。

「あの独特な形状、刀身を伝う液体……十中八九『毒』ね」

知識の豊富な会長は、俺たちだけに聞こえるよう小さな声でそう呟《つぶや》いた。

「さすがはアークストリア家の御令嬢さん、えらく博識なこってぇ。まさか魂装の形状だけで、あっしの能力を見抜かれちまうとは……いやぁ、困った困ったぁ」

ディールは大きく肩を竦《すく》めながら、わざとらしい困り顔を浮かべる。

「女性の話を盗み聞きするなんて、不埒《ふらち》な男性ね」

「あはは、すいやせん。昔から耳だけは異常にいいもんで、どんな音でもひょいひょいと拾って来ちまうんでさぁ」

「全く、困った人……」

会長はため息をこぼしながら、その長い髪をたくし上げた。

その瞬間――彼女はディールの視界に入らないよう、素早く指を三本立て、その後に親指と人差し指で丸を作る。

（今のは……ハンドサイン？）

素早く左右に目を向ければ、リリム先輩とティリス先輩が同時にコクリと頷《うなず》いていた。

どうやら、二年生三人組だけで通じるものらしい。

「あぁ、くそ……っ。こうなりゃもう自棄《やけ》だ……！　元皇帝直属の四騎士だかなんだか知らねぇけど、このリリム＝ツオリーネ様が討ち取ってやるぜ！」

「そもそも六対一だし、アレンくんもいるし……。可能性はゼロじゃないんですけど！」

リリム先輩とティリス先輩は、吹っ切れたように叫ぶ。

「――アレンくん・リアさん・ローズさん、あなたたちは機を見て援護してちょうだい」

「はい」

「わかりました」

「承知した」

そうして戦闘方針が定まったところで、

「侵略せよ――〈原初の龍王《ファフニール》〉！」

「染まれ――〈緋寒桜《ひかんざくら》〉！」

「写せ――〈水精の女王《アクア・クイーン》〉！」

「ぶっ飛ばせ――〈炸裂粘土《バースト・クレイ》〉！」

「拘束せよ――〈鎖縛の念動力《バインド・サイキック》〉！」

リアたちは一斉に魂装を展開、溢《あふ》れんばかりの霊力が激しく迸《ほとばし》る。

「おぉおぉ、これはまた凄《すさ》まじい霊力のほとばしりでございやすねぇ！」

ディールは凶悪な魂装を地面に突き立て、パチパチパチと大袈裟《おおげさ》に拍手を送る。

「ふふっ、その余裕の態度がいつまで続くかしらね？ ――水精の悪戯《アクア・トリック》ッ！」

会長が天高く剣をかざせば、剣・斧《おの》・槍《やり》・盾・鎌――様々な形状に変化した水の凶器が、ディールの周囲を球状に取り囲んだ。

「リリム！」

「任せろ！　飛び散れ、炸裂粘土《バースト・クレイ》！」

リリム先輩が横薙《よこな》ぎの一閃《いっせん》を放てば、大量の起爆粘土が空中に舞い上がり、水精の悪戯《アクアトリック》に絡《から》みついていく。

その結果、鉄の硬度を持つ水の武器は、とてつもない威力を誇る『爆弾』と化した。

あれが一気に殺到するとなれば、元皇帝直属の四騎士とはいえ、ただでは済まないだろう。

「これでも――」

「――食らいな！」

会長とリリム先輩の合わせ技が、ディール目掛けて一斉掃射。

「こりゃぁ大層な攻撃ですが、ちぃとばかし『速度』に難がありやすねぇ」

彼が〈英雄殺しの劇毒《デッドリー・ヴェノム》〉を抜き、迎撃に乗り出した瞬間、

「……っ⁉」

その動きは、不自然に止まった。

否、止められていた。

「ふふっ、ちょっと『上』ばっかり注目し過ぎなんですけど？」

よくよく見れば――ティリス先輩の念動力の糸《サイキック・スレッド》が地を這《は》い、彼の両足をぎっちりと拘束している。

「あらのら、こいつは困りやしたね……」

ポツリとつぶやきが漏れた次の瞬間、凄まじい大爆発が巻き起こった。

起爆粘土のはじける巨大な爆発音と鋼の水が大地を穿《うが》つ破砕音《はさいおん》、耳をつんざく凄まじい音が島中に響き渡る。

「くっ⁉」

途轍《とてつ》もない衝撃波が大気を打ち、視界一面が砂煙で潰される。

ディールの姿は視認できないが、おそらくかなりのダメージを負ったはずだ。

「ふふっ、手応えありね」

「こ、これは……やったんじゃないか⁉」

「いい具合に決まったんですけど！」

会長たちは油断なく剣を構えながら、会心の笑みを浮かべる。

（……凄《すご》い）

まさかハンドサイン一つで、ここまで完璧に意思疎通ができるなんて……。

三人の相性が抜群にいいということもあるけれど、今回のはそれ以上に様々な状況を想定した備えが活きている。

（さすがは先輩たちだ……）

俺がそんな風に感心していると、

「……まだだ、来るぞ！」

ローズの鋭い警告が響き、

「──毒玉の拡散《ヴェノム・ディフュージョン》」

毒々しい紫色の小玉が解き放たれた。

（会長たちの合わせ技を受けて即反撃か……っ）

俺のもとへ迫る毒玉《どくだま》の総数は『十』。

数だけならば、どうということはないが……厄介なのはその速度だ。

（なんて速さだ……!?）

それらはまるで、一流の剣士が放つ鋭い突きを思わせる。

（不意を突かれたこの状況じゃ、まともに捌《さば》くのは難しいか……ッ）

俺は素早くそう判断を下し、すぐさま闇の衣を展開──迫り来る全ての毒玉をしっかりと防御した。

「──白龍の鱗《ホワイト・スケイル》！」

「──緋桜《ひおう》の集《つど》い！」

「──水精の鏡《アクア・ミラー》！」

リアは白炎の盾・ローズは分厚い桜の花弁・会長は大きな水鏡をそれぞれ前方に展開し、

ディールの反撃を冷静に防いでいく。

その一方、

「さ、さすがに多過ぎだろ……!?」

「ちょっとキツイんですけど……ッ!?」

広範囲の防御手段を持たないリリム先輩とティリス先輩は、毒玉の拡散《ヴェノム・ディフュージョン》を捌き切れず……。

「痛《い》っ!?」

「く……っ」

それぞれ左肩と右足に被弾してしまった。

「リリム、ティリス……大丈夫!?」

その場でうずくまる二人のもとへ、会長はすぐさま駆け寄った。

「あ、ぐっ……がぁあああ!?」

「はぁはぁ……。し、死ぬほど……痛いんですけど……ッ」

リリム先輩とティリス先輩は、毒玉の被弾した箇所を押さえながら悶《もだ》え苦しむ。

その額には玉のような汗が浮かび、顔は真っ青に染まっていた。

「嗚呼《ああ》、こいつはい～ぃ声でさぁ。いつまでも聞いていられそうだぁ……」

砂煙の中から姿を見せた無傷のディールは、うっとりした表情でふざけたことを口にする。

（こいつ……ッ）

すぐにでも斬り掛かりたいところだが、今はそれどころじゃない。

「アレンくん、お願い……二人を治してあげて！」

「はい！」

会長に呼ばれた俺は、すぐさまリリム先輩とティリス先輩のもとへ駆け、その状態を確認していく。

（こ、これはひどい……っ）

毒玉によって制服は溶かされ、その下にある柔肌には、痛々しい紫の紋様が浮かび上がっていた。

「あ、アレンくん……助けてくれ……っ」

「この痛み……取ってほしいんですけど……ッ」

二人は目元に涙を浮かべ、すがりつくようにして頼み込んでくる。

「えぇ、もちろんです……！」

俺は濃密な闇を生み出し、リリム先輩とティリス先輩の負傷箇所に集中させた。

しかし——二人の体に浮かんだ紫色の紋様は、一向に消えることはない。それどころか毒にやられた肌は、じわじわと正常な組織を侵食していく。

（どういうことだ⁉）

焦《あせ》った俺が闇の出力を引き上げたそのとき、

「くくく、いやぁ残念残念！」

醜悪な笑みを浮かべたディールが、心の底から愉《たの》しそうに嗤《わら》った。

「〈英雄殺しの劇毒《デッドリー・ヴェノム》〉が生成するのは、全て『ウイルス性の猛毒』でしてねぇ……。たとえどれだけ優れた『回復能力』があろうとも、絶対に治らないんでさぁ！」

「……っ」

闇の回復能力は非常に優秀だが、病に関してはその効果を発揮しない。

「あ、ぐぅ……が……っ」

「こんなの……我慢できないんですけ、ど……」

リリム先輩とティリス先輩は、息も絶え絶えになりながら、必死に痛みを噛《か》み殺《ころ》す。

（くそ、どうすれば二人を助けられる……⁉）

俺が強く拳を握り締めた次の瞬間、

「——随分と余裕そうじゃのぅ？」

ディールの背後を取ったバッカスさんが、とてつもない殺気を解き放つ。

「ぬぅん……ッ！」

大きく振りかぶられた太刀から、凄まじい横薙ぎが繰り出された。

「……ッ⁉」

ディールは顔を真っ青に染めながらも、振り向きざまにしっかりと魂装で防御。

（さすがに巧《うま》い……っ）

流れるような足捌き、正確に斬撃を見切る目――背後を取られた後のリカバリーが、恐ろしいほどに正確だ。元皇帝直属の四騎士というだけあって、基本的な能力は非常に高いらしい。

しかし、咄嗟《とっさ》の防御で防ぎ切れるほど、バッカスさんの攻撃は甘くなかった。

「ばららら、軽い軽い！」

「こ、こいつはやばいですねぇ……ッ」

斬撃の威力を殺し切れなかったディールは、地面と水平に吹き飛び――遥《はる》か遠方の大木に全身を打ち付ける。

「まだまだ終わらんぞぉ！」

バッカスさんが容赦なく追撃を仕掛けようとした次の瞬間、額から血を流したフォンが天高く跳び上がった。

「『七聖剣』を舐《な》めるなよ……！　――砂の宝剣ッ！」

その叫びに呼応し、二十を超える砂状《さじょう》の剣が目にも留まらぬ速度で放たれる。

「ぬるいわ！　桜華一刀流《おうかいっとうりゅう》――連桜閃《れんおうせん》ッ！」

バッカスさんはすぐさま反転し、まるで閃光《せんこう》のような突きを連続して繰り出した。

繊細かつ力強いその突きは、迫りくる全ての砂剣《さけん》を貫き、フォンの体にいくつもの裂傷を刻み付ける。

「ぐ……っ」

手痛い反撃を食らった彼は、大きく後ろへ跳び下がり、静かに息を整える。

(す、凄い……ッ)

モップではなく、真剣。

立ち合いではなく、殺し合い。

戦場に降り立ったバッカスさんは、まさに圧倒的な存在だ。

すると、

「――ちょ、フォンの旦那ぁ!?　その化物は、しっかり押さえといてくださいよ！　危うく死ぬところだったじゃないですか!?」

つい先ほど全身を強打したばかりのディールが、珍しく真剣な表情で抗議の声をあげた。よほど丈夫な体をしているのか、それとも何か隠し持った能力があるのか……奴《やつ》は依然として無傷のままだ。

ディールから激しい抗議を受けたフォンは――そちらへ一瞥《いちべつ》を送ることもなく、バッカスさんに集中していた。

「……驚いたぞ。老いさらばえ、病魔に侵されてなお、それほどの強さを誇るとは……。さすがは、かつて世界最強と呼ばれた剣士だ」

「全盛期の儂《わし》ならば、今ので二人とも仕留めておったのじゃが……。やれやれ、年は取りたくないのぅ」

二人は思い思いの感想を口にしつつ、油断なく剣を構える。

フォンと向き合ったバッカスさんは、チラリとこちらへ視線を向けた。

「――よく聞け、小僧。ディールのような『毒使い』の能力は、大きく分けて二つ。この世に存在する毒を生み出すか、全く未知の毒を生み出すか、じゃ。ほぼ全ての毒使いは前者に属するが、極稀《ごくまれ》に後者の能力を持つ者がおる」

彼はさらに話を続けていく。

「両者を見分ける方法は一つ、『回復系統の魂装が、その毒を無効化できるかどうか』じや。――小僧の闇で治療できんかったことから見て、敵の能力は『未知の毒』を生み出す厄介なタイプだのぅ」

「どうにかして、その毒を無効化する方法はないんですか⁉」

「未知の毒は、本来この世に存在しない物質。それが術者の霊力を依《よ》り代《しろ》として、一時的に具現化しただけに過ぎん。つまるところ、霊力の供給源を――術者の意識を絶てば、毒はたちまちのうちに消滅しおる」

「つまり、ディールを倒しさえすれば、リリム先輩とティリス先輩は助かる……？」

「そうじゃ。仲間を失いたくなければ、一刻も早く目の前の敵を斬り伏せぃ！」

誰よりも戦闘経験の豊富なバッカスさんは、貴重な助言を残し――フォンとの激闘に身を投じた。

「あー……いやぁ困った困ったぁ。まさかこんな簡単に解毒《げどく》方法がバレちまうなんて、完全に想定外でさぁ」

ディールはボリボリと頭を掻《か》き、胡散臭《うさんくさ》い困り顔を作る。

「あっしのような能力は、世界に五人といないはずなんですが……。さすがは二百年もの時を生きる化物。どうやら過去に『未知の毒使い』と戦った経験があるみたいですねぇ……」

奴は肩を竦《すく》めながら、大きなため息をこぼす。

その行動一つ一つがどこかわざとらしく、なんとなく小馬鹿にされているような気がした。

「……アレンくん、リアさん、ローズさん。力を貸してもらえるかしら？」

大切な幼馴染《おさななじみ》を傷付けられた会長は、瞳の奥に強い怒りを燃やしながら静かに剣を構える。

「はい！」

「もちろんです！」

「無論だ」

俺たちはディールに切っ先を向けたまま、即座に返答をした。

（たったの一手で、リリム先輩とティリス先輩は戦闘不能にされてしまったけれど……）

それでもまだ四対一、数的有利はこちらにある。

向こうの勢いに流されて、主導権を握られてはいけない。

俺が静かに心を落ち着けていると、戦闘経験の豊富なローズと会長が声をあげる。

「敵の能力は、『一撃必殺の猛毒』だ。守りに比重を置きつつ、人数差を活《い》かした手数で攻めるぞ」

「武器の形状と先の毒玉を見る限り、向こうは『点』ではなく『面』での攻撃を得意としているみたいね。広範囲の防御術を即時展開できるよう、常に意識しておきましょう」

基本的な戦闘方針と先の一幕で得た情報がしっかりと共有された。

「はい！」

「ええ、わかったわ！」

素早く戦闘態勢を整えた俺たちは、いよいよディールと対面する。

四人から切っ先を向けられた奴は、余裕の笑みを絶やさない。

（……リリム先輩、ティリス先輩。もう少しだけ、待っていてください……っ）

視界の端に映る二人は、苦悶《くもん》の表情を浮かべながら、必死に毒の痛みに耐えていた。

彼女たちはとても強いけれど……。その体力と精神力がいつまで持つかは、誰にもわからない。

（とにかく、時間の余裕は全くない）

最悪の事態を避けるためにも、一分一秒でも早くディールを切り伏せなければならない。

つまり——狙うは短期決戦。

（……仕掛けるか）

濃密な闇を剣に集中させ、疑似的な黒剣を作り上げる。

そうして力強く地面を踏みしめたそのとき、

「んー、そろそろ回ってくる頃かと思いますが……。お加減のほどは、いかかでございやしょうか？」

ディールはこちらを気遣うようにして、そんな問いを投げ掛けて来た。

すると次の瞬間、

「これ、は……⁉」

「あ、れ……？」

ローズと会長の体がグラリと揺れ、そのままゆっくりと倒れ伏す。

「ろ、ローズ、会長⁉」

「大丈夫ですか⁉」

俺とリアが慌てて、二人を抱き起こすと――どういうわけか、その首筋にはリリム先輩とティリス先輩と同じ、紫色の紋様が浮かび上がっていた。

「うう、ぐっ……。何故《なぜ》、だ……っ」

「はぁはぁ……。ぃ、痛い……ッ」

ローズと会長は額に大粒の汗を浮かべながら、荒く鋭い息を吐いた。その目尻には涙が浮かび上がり、頬は熱に浮かされて紅潮している。

（ど、どういうことだ……⁉）

この状況を見る限り、ディールの毒に侵されていることは間違いない。

だけど、二人はしっかり毒玉《ヴェノム・ディフュージョン》の拡散を防いでいたはずだ。

「あっしの毒は、揮発性《きはっせい》が高いもんでねぇ。常温・常圧下では、すぐに気化《きか》しちまう。――まぁ早い話が、そこのお嬢さん方は、『毒ガス』でやられちまったってことでさぁ」

「「……ッ⁉」」

俺はすぐさま左手で、リアはハンカチで口元を押さえた。

すると――その様子を目にしたディールは、愉快げに手をパタパタと横へ振る。

「くく、今更そんなことをしたって無駄ですよ？　アレンの旦那もリアのお嬢さんも、既にたぁっぷりと吸い込んでいやすから」

奴は凶悪な笑みを浮かべた直後、俺たちの全身を上から下までねっとりと見つめ――やれやれと言った風に肩を竦《すく》めた。

「ただまぁ……気化して毒性の薄れたものじゃ、お二人には効き目が薄いらしぃ。ア、ア、アレンの旦那はともかくとして、リアのお嬢さんも中々に丈夫な体をしていらっしゃる。ひょっとすると、幻霊原初の龍王《ファフニール》の自己防衛機能が働いているのやも知れませんねぇ……」

とにもかくにも――毒ガスの影響を免《まぬが》れた俺とリアは、全滅の危機を回避したことにホッと安堵《あんど》の息を漏らす。

(だけど、今やもう二対一だ……)

まだまともに剣すら交えていないにもかかわらず、あっという間に四人が戦闘不能。

そして、猛毒に伏したローズたちをそのまま放っておくわけにはいかない。俺かリアのどちらか一人が、戦闘の余波から彼女たちを守る必要がある。

(つまり、『実質二対二』か……)

こちらの手中にあった数的有利は霞《かすみ》に消え、戦闘開始前にディールが言っていた通りの状況になってしまった。

刻一刻と悪化していく戦況の中、チラリと横に目をやれば、

「桜華一刀流――夜桜《よざくら》ッ!」

「――砂崩《すなくず》しッ!」

バッカスさんとフォンは、息もつかせぬ剣戟《けんげき》を繰り広げていた。

二人の戦いは互角……いや、わずかにバッカスさんが押している。

だけど、助力を期待できるほどの余裕はなさそうだ。

(……やるしかない、か)

俺は小さく息を吐き出し、元皇帝直属の四騎士と一対一で斬り合う覚悟を決めた。

するとその直後、

「……いやぁしかし、みなさん本当にい～ぃ声で鳴いてくれやすねぇ！」

頰を紅潮させたディールは、ローズたちの苦鳴《くめい》に耳を傾けた。

「ねぇ、アレンの旦那ぁ。あちらのお嬢さん方に盛った毒、いったいどんなものか知りたくありやせんか？」

「……」

こちらが無言のままでいると、奴は嬉々《きき》として語り始める。

「それは……『細胞を殺す猛毒』！　あっしの生成できる毒の中で、一番痛みの強いやつでさぁ！　――ほらほらぁ、旦那もちょっと想像してみてくださいよぉ？　こうしている今も、あのお嬢さん方の全身をとんでもねぇ激痛が走り回っている。くくっ、あぁ……こりゃたまらねぇや……興奮が収まりませんねぇ……ッ」

ディールは両手で体を抱き、ドロドロとした醜い感情をぶちまけた。

「あなたみたいな下種《げす》、生まれて初めて見たわ……！」

リアは敵意を剝《む》き出しにして、原初の龍王を中段に構えた。

俺はその動きを制し、一歩前に踏み出す。

「悪い。リアはローズたちを守ってやってくれないか？」

するとーー彼女は驚愕《きょうがく》の表情を浮かべた後、すぐさま首を横へ振った。

「だ、駄目よ！　相手は元皇帝直属の四騎士。しかも、たったの一撃でみんなを戦闘不能にした、恐ろしい毒使いなのよ⁉　いくらアレンでも、一人じゃ危険過ぎるわ！」

「だけど、誰かがみんなを守らなきゃいけない。戦闘の余波から、そして何よりーーディールとフォンから」

敵は黒の組織の大幹部とそこへ身売りした聖騎士。

そんな奴等《やつら》に正々堂々なんて期待できない。

ほんの少しでも旗色が悪くなれば、なんの躊躇《ちゅうちょ》もなく、身動きの取れない彼女たちを狙うだろう。

「で、でも……っ」

「それに……今はあまり加減ができそうにないんだ。下手をしたら、リアを巻き込んでしまうかもしれない。だから、お願いできないか？」

俺は烈火の如《ごと》き激情を呑《の》み込みながら、静かに言葉を紡《つむ》ぐ。

（これ以上はもう……限界だ……）

大切な仲間の苦しそうな声を聞くのも、ディールの耳障《みみざわ》りな喋《しゃべ》りを耳にするのも、あの芝居がかった動きを見るのもーーもう我慢ならならない。

「……わかったわ。ただ、絶対に無茶だけはしないでね……？」

リアは後ろへ跳び下がり、ローズたちの守りに専念してくれた。

「あぁ、ありがとう」

俺は短くそう呟《つぶや》き、ディールの前に歩みを進める。

「――一応、聞いておく。今すぐ〈英雄殺しの劇毒《デッドリー・ヴェノム》〉を解いて、みんなを解放する気はないか？」

「あらら、そいつはなんの冗談です？　こんなに気持ちのいい悲鳴、どうして絶やすことができやしょう。――それよりせっかくの機会なんですから、アレンの旦那も一緒に楽しみやせんか？」

奴《やつ》は醜悪な笑みを浮かべながら、吐き気を催すような提案を口にした。

「……もういい」

これ以上、こんなやつと話しても時間の無駄だ。

そう判断した俺は、何もない空間へ右手を伸ばす。

「滅ぼせ――〈暴食の覇鬼《ゼオン》〉」

呼び掛けに応じて、空間を引き裂くように真の黒剣が姿を見せた。

静かに魂装を展開した俺は、闇の凝縮された一振りを優しく握り、ゆっくりとへその前に移動させる。

「ほう、ほうほうほぅ……！　それが噂《うわさ》に聞く、『黒剣』というやつですかぃ！　これだけ距離が離れているにもかかわらず、とんでもねぇ『圧』を感じやす。こりゃあっしも、ちょいとばかし本腰を入れる必要がありそうだぁ……」

ディールは初めてまともに剣を構え、明確な戦闘態勢を取った。

「――行くぞ」

「えぇ、いつでもどうぞ」

短い応答の後、力強く地面を蹴った。

その瞬間、まるで鉄を踏み抜くような破砕音が響き、

「なっ、消え……!?」

俺はディールの懐《ふところ》深くへ、必殺の間合いへ踏み入った。

「ま、ず……ッ!?」

奴は慌てて防御体勢へ移行するが――もう遅い。

「六の太刀――冥轟《めいごう》！」

漆黒の闇を纏《まと》った特大の斬撃が、ゼロ距離で解き放たれた。

途轍《とてつ》もない衝撃波が爆《は》ぜ、大地が荒々しく捲《めく》れ、土煙が天高くまで昇る。

「ばららら！　小僧め、随分と派手にやっとるのぅ！」

「……『特級戦力』アレン＝ロードル、か」

バッカスさんとフォンの呟きが、風に乗って聞こえてきた。

俺はその情報を遮断し、目の前の敵に集中する。

「はぁはぁ……。は、ははは、さすがはアレンの旦那……。弱っていたとはいえ、あのレインの旦那を斬り伏せただけのことはありやすねぇ……。ただの『魂装』でこの出力とは、本当に末恐ろしい御方《おかた》だ」

ゼロ距離の冥轟《めいごう》を食らったディールは、懐《なつ》かしい名前を口にしながら、ゆっくりと立ち上がった。

その体には赤黒い太刀傷が深々と刻まれており、瀕死《ひんし》の重傷であることは誰の目にも明らかだ。

「……よく間に合わせたな」

「そりゃまぁ、生きるか死ぬかの瀬戸際《せとぎわ》でしたからねぇ……。相当量の霊力を注ぎ込んで、無理矢理に毒の防膜《ヴェノム・コート》を展開しやした」

あのとき――奴はすんでのところで紫色の防護膜《ぼうごまく》を纏い、間一髪で冥轟《めいごう》の直撃を免れていた。

「ふふ、いやぁそれにしても、今のは本当に危なかったぁ……。後コンマ数秒防御が遅れていたら、塵《ちり》も残らなかったでしょうねぇ……」

ディールは胸部の傷口に手をかざし、ねっとりとした口調で荒い息を吐く。

「そのまま塵になってくれてたら、みんな大助かりなんだけどな」

「くく……っ。アレンの旦那も意外に攻めっ気がお強い。これは案外、あっしと気が合うかもしれやせんねぇ？」

奴は気持ちの悪いことを口にしながら、不気味な笑みを浮かべた。

「かなりの深手を負った割に、随分と余裕そうだな」

「えぇまぁ、回復能力にはちょいとばかり自信があるもんで――猛毒の裏転《ヴェノム・リバース》」

次の瞬間、奴の胸元に紫色の液体が集中し――そこにあった大きな太刀傷は、たちまちのうちに塞がっていく。

「『毒薬変じて薬となる』。並大抵の攻撃じゃ、あっしを殺すことは不可能でさぁ！」

会長たちの合わせ技も、バッカスさんの斬撃も、無傷で凌《しの》いだわけじゃなかった。

おそらくはある程度のダメージを負った直後、あの能力で即座に完全回復を果たしたのだろう。

（食らえば一撃必殺の猛毒に加え、持久戦向きの回復能力……）

魂装〈英雄殺しの劇毒《デッドリー・ヴェノム》〉は、思っていたよりもずっと厄介な力のようだ。

「お前が斬ったそばから回復していくのなら、それを上回る速度で斬り刻むだけだ！」

俺は真の黒剣を構え、力強く地面を蹴り付ける。

「その加速には、もう慣れやしたよぉ！」

ディールは勢いよく振り返り、背後を取ろうとしたこちらの動きに対応してきた。

「――猛毒の爆槍《ヴェノム・ランス》ッ！」

奴が大きく両手を広げた瞬間、

「……ッ!?」

堂々と晒《さら》されたその腹部から、十二本の槍《やり》が途轍もない速度で放たれた。

見るも毒々しいそれは、まず間違いなく毒槍《どくやり》だろう。

「旦那なら『串刺し』にゃならんでしょうが、一発当たればそれでおしまいでさぁ……！」

完璧なタイミングで差し込まれたカウンター。

その全てを回避することは難しく、闇の防御も間に合わない。

（それに何より、厄介なのは『十二』という数……っ）

小回りの利《き》く八咫烏《やたがらす》では迎撃しきれず、断界《だんかい》や冥轟《めいごう》は、このわずかな時間じゃ放てない。

回避不可・防御不可・迎撃不可という完全に『詰みの状況』。

しかしそれは――バッカスさんとの修業をこなす前の俺ならば、という条件付きの話だ。

「八の太刀――八咫烏《やたがらす》・連！」

刹那、十六の斬撃が空を駆けた。

「なっ、にぃ……!?」

十二の毒槍は粉微塵《こなみじん》に刻まれ、ディールの四肢に深い斬撃が走る。

「……ッ」

奴は眉根を歪《ゆが》めながら大きく後ろへ跳び下がり、それと同時に紫色の液体が傷口を覆っていった。

（あれは……猛毒の裏転《ヴェノム・リバース》か）

〈英雄殺しの劇毒《デッドリー・ヴェノム》〉の誇る、高速回復能力。

「――させるかぁ！」

回復する隙を与えないよう、烈火の如く攻め立てる。

「ハァッ！」

「ぐッ!?」

大上段からの斬り下ろしに対し、ディールは水平に剣を構えて防御。

吐息すら聞こえる至近距離、互いの視線が交錯する。

(……なるほどな)

ディールの四肢に目を向ければ、そこには先の十六連撃で刻んだ傷が残っていた。

奴は防御に集中するため、治療を中断した——否、中断せざるを得なかった。

「〈英雄殺しの劇毒《デッドリー・ヴェノム》〉。応用力の高い優れた能力だが、その分扱いが難しいみたいだな」

「……っ」

おそらく図星だったのだろう。

ディールはほんの一瞬だけ、奥歯を噛《か》み締《し》めた。

(考えてみれば、当然のことだ)

コンマ数秒を競う殺し合いの最中、この世に存在しない様々な毒を生成しながら、それを適切なタイミングで攻撃・防御・回復に割り振る。

口で言うのは簡単だが、そう容易《たやす》くやれることじゃない。

「鍔迫《つばぜ》り合いになって、膠着《こうちゃく》状態に陥った今なお治療を始めないということは……。猛毒の裏転《ヴェノム・リバース》を使うには、特別意識を集中させる必要があるということか」

それはすなわち——俺が攻撃の主導権を握っている間、奴が回復できないことを意味する。

この情報を早い段階で得られたことは、大きなアドバンテージと言えるだろう。

「……アレンの旦那ぁ、あなた本当にやりにくい相手ですねぇ」

ディールは苦々しい表情で、しみじみとそう呟いた。

色の薄いサングラスの奥では、大きな灰色の瞳がギロリとこちらを睨《にら》み付けている。

「誉《ほ》め言葉として受け取っておく、よ……ッ！」

「……っ」

単純な腕力によって鍔《つば》迫《ぜ》り合いを制した俺は、ディールに回復の隙を与えないようにひたすら前へ前へと突き進む。

「はぁあああああ！」

袈《け》裟《さ》斬《ぎ》り・唐竹《からたけ》・斬り上げ・斬り下ろし・突き――時にフェイントを織り交ぜながら、しっかりと緩急を付けながら、ありとあらゆる斬撃を様々な角度から繰り出した。

「す、凄《すご》い……。元皇帝直属の四騎士をたった一人で圧倒するなんて……っ」

リアのそんな呟きは、俺たちの雄叫《おたけ》びにかき消される。

「うぉおおおおおお……！」

「はぁあああああああ……！」

一合《いちごう》二合三合——互いの剣が激しくぶつかり合い、眩《まばゆ》い火花が散った。

「——らぁッ！」

「ぐっ⁉」

俺の放った斬り上げにより、ディールの両腕が跳ね上がる。

その隙を見逃さず、クルリと半転し——がら空きの腹部へ強烈な回し蹴りを叩《たた》き込む。

「ハァッ！」

「が、ふ……ッ⁉」

百八十を超える大きな体が地面から離れ、十メートルほど後ろへ吹き飛んだ。

（……いける。この調子なら、勝てるぞ……！）

純粋な身体能力と剣術は、完全にディールの上を往《い》っている。

（桜の雫《しずく》でバッカスさんやセバスさんという、超一流の剣士と斬り結んだからだろうか……）

奴《やつ》の動きや息遣いが、手に取るようにわかった。

未《いま》だに無傷の俺は、視界の中央にディールを据え、正眼《せいがん》の構えを堅持《けんじ》。

その一方、

「はぁはぁ……っ」

奴は苦悶《くもん》の表情を浮かべたまま、荒々しい息を繰り返す。

その体には四肢の裂傷・左肩の刺し傷・腹部の打撲などなど、いくつもの生々しい傷が目立った。

「いやぁ困った困ったぁ……。残念ながら、接近戦では分が悪いようです……ねぇッ！」

ディールが天高く魂装を掲げれば——その切っ先へ、禍々《まがまが》しい霊力が集まっていく。

（……デカいな）

突き刺すような圧迫感、大気を震わせるほどの出力。

次に放たれる一撃は、かなりの霊力が込められた大技と見て間違いない。

単純な剣術勝負では勝ち目がないと踏んだ奴は、自慢の猛毒で一気にケリを付けに来たようだ。

（しかし、この立ち位置……。ディールめ、狙ったな……ッ）

俺のちょうど真後ろには、リアと猛毒に侵されたローズたちがいた。

もし奴の放つ特大の一撃を回避しようものならば、致死性の猛毒が彼女たちへ襲い掛かる。

つまり——次の一撃に限り、絶対に真っ正面から受け切らなければならない。

（向こうが遠距離型の大技を放つつもりなら、冥轟《めいごう》で迎え撃つだけだ……！）

俺は重心を落とし、静かに呼吸を整えていく。

「……おや、避けないんですかぃ？　旦那の足なら、あっしの大技なんて軽く回避できそうなもんですが……」

こちらが迎撃体勢を取ったことに対し、ディールは小首を傾《かし》げた。

「見え透いた芝居はよせ。お前の狙いはバレバレだ」

「あらら、さすがはアレンの旦那だぁ。視野がお広いですねぇ」

ディールはそう言って、わざとらしくリアたちの方へ視線を向けた。

「くく、それじゃ行きますよぉ。お優しい旦那なら、まさか避けたりしないですよねぇ⁉

——毒龍の大顎《ヴェノム・アギト》ッ！」

奴が禍々《まがまが》しい魂装を薙《な》いだ次の瞬間、巨大な毒の龍が凄《すさ》まじい速度で放たれた。

視界はおどろおどろしい『毒』一色に染まり、とんでもない圧が全身を襲う。

(確かにデカい。出力もかなりのものだが……)

これぐらいならば、冥轟《めいごう》で十分に相殺《そうさい》可能な一撃だ。

(……おかしい)

あの性格の捻じ曲がったディールが、わざわざ俺とリアたちを一直線上になるよう調整してまで放つ一撃が……これか？

（いや、そんなわけないだろう）

ここまでの戦闘と会話から、奴の底意地の悪さを信用している俺は――冥轟での迎撃を中断し、迫りくる毒の龍を注意深く観察した。

（……なるほど、そういうことか）

やはりというかなんというか、ディールは俺が信じた通りの男だった。

（なんにせよ、ネタさえ割れればこっちのものだ！）

冥轟《めいごう》の構えを解き、すぐさま大上段に黒剣を構える。

「五の太刀――断界《だんかい》ッ！」

刹那、世界を断ち斬る最強の一撃は、ディールの思惑ごと全てを斬り伏せた。

毒龍の大顎《ヴェノム・アギト》は、空間の歪《ひずみ》に呑《の》み込まれ――紫に埋め尽くされた視界が一気に開ける。

「な、何故《なぜ》……っ」

予想外の展開を前にした奴は、わかりやすいほど狼狽《ろうばい》していた。

俺はその隙を逃さず、一足で互いの間合いをゼロにし、

「――終わりだ」

「か、はぁ……ッ!?」

ディールの胸に深々と黒剣を突き立てた。

「あ、ぐ……っ。はぁはぁ……ッ！」

口の端から赤黒い血を垂れ流した奴は、胸を穿《うが》つ黒剣をギュッと握り締め、ギロリとこちらを睨み付けた。

「だ、旦那ぁ……。どうして冥轟を打たなかったんですかぃ……？」

「目を凝らせば、毒龍の大顎《ヴェノム・アギト》の中に『不自然な球体』を見つけた。どうせ衝撃を与えた瞬間、内部の猛毒が飛び散る『仕込み』だろ？」

「は、はは……こりゃ参った……。ここまでやりづらい相手は、初めてですよぉ」

奴は荒い息を繰り返しながら、一歩こちらへ踏み出す。

そうして距離を詰めた分だけ、黒剣が奴の胸を抉《えぐ》っていった。

「……動くな。急所は外してあるが、重傷であることに違いはない。あまり無茶をすると……死ぬぞ」

俺が制止の声を掛けた次の瞬間、

「へ、へへ……。戦闘中に……敵の心配をするなんて――」

「――本当にお人好《ひとよ》しですねぇ？」

ディールの声が二つに分かれて聞こえた。

「なっ!?」

慌てて顔を上げれば、遥《はる》か前方に完全回復を果たした奴の姿があった。

それと同時に黒剣の刺さった方の体は、ドロドロとした紫色の液体と化し――俺の四肢へまとわりつく。

強い粘性を持つそれは、なかなか思うように剝がれない。

「分身体……!? なるほど、そういうことか……ッ」

ディールの放った毒龍の大顎《ヴェノム・アギト》には、『二つ』の狙いがあったのだ。

一つは内部に仕込まれた毒玉を破裂させ、動けないローズたちへとどめを刺すこと。

そしてもう一つは――俺の視界を一時的に潰し、分身体とすり替わる時間を作ること。

おそらくこちらが本命だろう。

奴はこれによって、猛毒の裏転《ヴェノム・リバース》で回復する時間を作り出した。そのうえ分身に使った毒を再利用し、こちらの動きを拘束している。

（飄々《ひょうひょう》としているだけかと思えば、随分と先を読んだ『手』を指してくるな……）

ディール＝ラインスタッド、中々どうしてやりにくい男だ。

「あぁ……。名残惜しいですが、アレンの旦那ともこれでお別れですねぇ」

ディールは目尻に浮かべた涙を拭いながら、わざとらしく声を震わせ、

「旦那みたいに甘っちょろい人、けっこう好きでしたよ？」

本当に気持ちの悪い告白をしてから、その凶悪な魂装を地面に突き立てた。

「――毒龍の呪尾《ヴェノム・テイル》」

九本の巨大な尾が、天を穿《うが》つようにして突き上がる。

それは奴の醜悪な心を体現するかのように歪《いびつ》な形をしており、見る者に嫌悪《けんお》感を抱かせる毒々しい色を放っていた。

「そぉら、こいつでしまいでさぁ！」

必勝を確信したディールが、勢いよく右手を薙《な》いだその瞬間――九の毒尾《どくび》が一斉にこちらへ牙を剝《む》く。

「あ、アレン……ッ！」

リアは大慌てでこちらへ駆け寄ってくれたけれど……。

とてもじゃないが、間に合う距離ではない。

「――敵の動きを制限し、手数の多い技で一気に仕留める。お手本のような連続攻撃だが……少しばかり出力が足りてないぞ？」

俺は小さく息を吐き出し、これまで溜《た》め込んできたディールへの怒りを一気に爆発させた。

「――闇の影《ダーク・シャドウ》」

利那、深淵《しんえん》を思わせる漆黒の闇が吹き荒れ——迫りくる毒龍の呪尾《ヴェノム・テイル》を食らい尽くした。

「おやおやこれはこれは、今の手順でも殺《や》り切れませんか……。こいつぁちょいと想定外ですねぇ」

ディールは大袈裟《おおげさ》に肩を竦《すく》め、大きなため息を零《こぼ》す。

「あっしの能力もかなり応用の利《き》く方なんですが、旦那のそれはまさに規格外だ。攻撃・防御に身体能力強化、挙句の果てには回復までできちまう。まったく、やりにくいったらありゃしやせんよ……」

奴はそう言って、やれやれと首を横へ振った。

この様子を見る限り、どうやら大きな勘違いをしているようだ。

「……なぁ、ディール」

「はい、なんでしょう？」

「随分と余裕そうだが……。俺の攻撃は——まだ終わってないぞ？」

先ほどの一幕。

闇の影《ダーク・シャドウ》と毒龍の呪尾《ヴェノム・テイル》は、相殺《そうさい》になったわけじゃない。

俺の闇が、奴の毒を食い破ったのだ。

「ッ!?」

瞬時に現状を理解したディールは、すぐさま防御体勢に移行。

「――毒の防《ヴェノム・コー》」

「――遅い」

刹那、研ぎ澄まされた十本の闇が奴《やつ》の全身に食らい付く。

とてつもない破砕音が響き渡り、砂煙《すなけむり》が視界を埋め尽くす。

(……よし、手応えありだ)

ギリギリまでディールの体を注視していたが、毒の防膜《ヴェノム・コート》は間に合っていなかった。

闇の影《ダーク・シャドウ》の直撃、相当大きなダメージを負ったはずだ。

(さて、次はどう動く?)

それから少しの間、砂煙の方へ意識を集中させていると――不自然な霊力の揺らぎを感知した。

(この感じは……アレか!)

奴の目論見《もくろみ》を一瞬で看破した俺は、すぐさま黒剣に闇を集中させる。

「一の太刀――飛影《ひえい》ッ!」

漆黒の斬撃は、砂煙を蹴散らしながら突き進み――ディールの体を一刀両断。同時にそれは紫色の液体と化し、その背後から傷だらけの本体が姿を見せる。

「毒の分身を作り、回復する時間を稼ぐつもりだったんだろうが……同じ手は二度も通じないぞ」

「だ、旦那ぁ……っ」

奴は奥歯を噛《か》み締め、憎悪《ぞうお》に満ちた目を向けた。その体にはいくつもの深い傷が浮かび、赤黒い血が絶えず滲《し》み出している。

とてもじゃないが、戦闘続行は望むべくもない。

つまりは——勝負ありだ。

「今すぐローズたちの毒を消して、大人しくお縄に就くのなら……命だけは見逃してやる」

俺が元皇帝直属の四騎士ディール＝ラインスタッドへ、『最後通告』を突き付けると同時、

「く、くくくく……っ。あっはははははは……！」

いったい何がおかしいのか、ディールは突然壊れたように笑い出した。

「いやぁ、お強いお強い……。これでまだ『魂装使い』というのだから、本当に末恐ろしい御方でさぁ……。あのバレル陛下が、わざわざ名指しで『警戒せよ』というわけだ」

奴は感心したように頷《うなず》きながら、魂装〈英雄殺しの劇毒《デッドリー・ヴェノム》〉を手放す。

それは重力に引かれて地面に突き刺さり、やがて光の粒子となって消えていった。

「アレンの旦那は、いずれもっと強くなりやす。このまま順調に成長を続け、十年・二十年と経《た》つ頃には、きっと皇帝直属の四騎士や七聖剣に肩を並べていることでしょう。下手をすれば、もっと厄介な存在になっているかもしれやせん……」

ディールは「まいったまいったぁ」と呟《つぶや》き、小さく首を横へ振る。

「ですからそうなる前に、確実に殺せる今の内に――しっかりと芽を摘んでおきやしょう」

「～～ッ!?」

途轍《とてつ》もない悪寒《おかん》が全身を走り抜けた。

（なん、だ……これは……!?）

闇の影《ダーク・シャドウ》の直撃を受けた奴は、もう立っているのがやっとのはず。

（それなのにどうして、こんなにも強大な『圧』を放っているんだ……!?）

かつてないほど警戒を高め、黒剣を力強く握り締めた。

すると次の瞬間、

「起きろ――〈九首の毒龍《ヒドラ》〉ッ！」

ディールの全身から汚泥《おでい》のような毒が浮かび上がり、それはやがて九つの首を持つ巨大な龍と化した。

「な、ぁ……っ」

見ているだけで吐き気を催す邪悪な霊力は、瞬く間《またたくま》に膨れ上がっていく。

俺はこれまで、たくさんの強敵と剣を交えてきた。

ドドリエル・ザク・フー・レイン・グレガ――全員、恐るべき実力の持ち主だった。

（だけど、目の前のこれは……違う……ッ）

ディールの展開したこの力は、これまでとは明らかに性質を異《こと》にするものだった。

「ま、まさかこれが――」

先《さき》の言葉を紡《つむ》いだのは、

「――『真装《しんそう》』。魂装を極めた者だけがたどり着く、『剣士の極致』でさぁ」

いつの間にか、俺の真横に立っていたディールだ。

「ッ!?」

反射的に地面を蹴り、大きく後ろへ跳び下がった。

「ひどいなぁ、そんな逃げないでください……よぉ！」

凶悪な笑みを浮かべたディールは、たった一足で間合いを詰めてくる。

（は、速い……!?）

真装を展開した奴は、これまでとは比べ物にならない加速を見せた。

「──そぉらッ！」

ディールが勢いよく右手を振るえば、奴の体を纏《まと》う大量の猛毒が飛び散る。それは瞬く間に十本の剣へ形を変え、凄《すさ》まじい勢いで牙を剝いた。

「こ、の……八の太刀──八咫烏《やたがらす》ッ！」

俺は両目を見開き、眼前に迫る毒剣を撃ち落としていく。

（……五・六・七・八！）

八本の剣をコンマ数秒で斬り払い、空中で体を捻《ね》じってさらにもう一本を強引に回避。

だが、

「ぐ……ッ!?」

残された最後の一本が、俺の脇腹を深く抉《えぐ》った。

俺は鮮血を垂らしながら、一歩二歩三歩と後ろへ跳び、安全な間合いを確保する。

「あらのらぁ、食らっちまいやしたねぇ……！　毒の斬撃を……！」

ディールはパンパンと手を打ち鳴らし、さも嬉《うれ》しそうに口角を釣り上げる。

その直後、

「が、ぁ……!?」

突然傷口が燃えるような熱を放ち、名状《めいじょう》し難《がた》い激痛が全身を駆け巡った。

すぐに視線を向けるとそこには――毒々しい紫の紋様が、くっきりと浮かび上がっている。

（くそ、やられた……っ）

ローズたちと同様、俺もディールの毒に侵されてしまったようだ。

（それにしても……痛い、痛い痛い痛い痛い……ッ。なんだこれは、死ぬほど痛いぞ……!?）

その激痛は、想像の遥《はる》か上を往《い》った。

反射的に脇腹へ闇を集中させ、すぐに治療を始めたが……。

（やっぱり駄目か……ッ）

結果はさっきと同じ。

闇の回復能力をもってしても、この毒を無害化することはできなかった。

「――ねぇねぇ旦那ぁ、〈九首の毒龍《ヒドラ》〉の味はどうです？　よろしければぜひ、感想のほどを教えていただけませんかねぇ」

ディールは肩口から生えた毒龍の首を撫《な》でながら、趣味の悪い質問を口にした。

「……あぁ、思っていたより大したことないな」

「ぷっ、くくく……まったまたぁ！　そんな顔を青くして、玉のような汗を浮かべてぇ、強がってんのがバレバレですよぉ？」

奴は手をパタパタと振って、癇《かん》に障《さわ》る喋《しゃべ》りを披露する。

「〈九首の毒龍《ヒドラ》〉の毒性は、〈英雄殺しの劇毒《デッドリー・ヴェノム》〉なんかとは比べ物になりやせんからねぇ……。いくら旦那が丈夫《じょうぶ》とはいえ、そう長くはもちませんよぉ？」

「そうか、じゃあ急がないとな」

俺は凄まじい痛みを噛み殺《ころ》し、力強く地面を蹴り付け――一足で互いの間合いをゼロにした。

「……は？」

「七の太刀――瞬閃《しゅんせん》ッ！」

バッカスさんとの修業を経て、さらなる進化を遂げた神速の居合斬り。

「――うおぉっとぉ⁉」

ディールは咄嗟《とっさ》にバックステップを踏み、限界ギリギリまでお腹《なか》をひっこめ、間一髪のところで回避。

（くそ、仕留め損ねたか……っ）

『真装』を展開したことで、奴の基礎的な身体能力は、驚異的なほど上昇しているようだ。

「い、いやいやいや。〈九首の毒龍《ヒドラ》〉の猛毒を食らって、即反撃ってあんた……。さすがにそれは、人間やめ過ぎでしょ……」

「あいにく、我慢強さだけが取り柄だからな」

十数億年の修業で培《つちか》った精神力、これには少しばかり自信があった。

（ただ実際問題、〈九首の毒龍《ヒドラ》〉の毒は信じられないほど強力だ……）

猛毒に侵された脇腹は、こうしている今も、とんでもない痛みを訴えてくる。

（心を殺して無心になることで、かろうじて戦闘は続けられそうだけど……）

この体がどこまでもってくれるのか、正直全くわからない。

「すー……はぁー……っ」

大きく息を吐き出し、思考をクリアにして――素早く戦況を確認。

斜め後ろにいるのは、無傷のリア。

彼女は身動きの取れないローズたちを護衛しているため、前線に出ることは難しい。

そして地面に横たわるローズ・会長・リリム先輩・ティリス先輩。

彼女たちは〈英雄殺しの劇毒《デッドリー・ヴェノム》〉の猛毒に苦しんでおり、とても戦えるような状態じゃない。

それから少し離れた場所で、フォンと激闘を繰り広げるバッカスさん。

いまだ無傷の彼は、依然として優勢を保っているが……その勢いは目に見えて落ちていた。口の端からは一筋の鮮血が垂れ、剣を握る手はわずかに震えており、苦しそうな表情で胸に手を当てている。

おそらくは『不治の病』のせいで、思うように体が動かないのだろう。

一方のフォンは決して自ら攻めようとせず、ただひたすら防御に専念している。

どうやらバッカスさんが動けなくなるそのときまで、ずっと時間潰しに徹するつもりらしい。

(あまり考えたくはないことだけど……)

このままズルズルと戦闘が長引けば、そう遠くないうちに彼はやられてしまうだろう。

そして戦いの舞台となっているこの場所は、絶海の無人島。

残念ながら、援軍は期待できない。

つまり俺は——この体に毒が回り切るまでのわずかな時間で、真装使いのディールを一人で倒す必要があるというわけだ。

しかもその後は、休む間もなくバッカスさんの支援に回り、七聖剣フォン＝マスタングに勝たなければならないときた。

(……はっきり言って、戦況は『最悪』だな)

これ以上悪い状況を考えろ、という方が難しいだろう。

だけど、ここで頭を抱えていたって状況は改善しない。

俺は黒剣を握る手に力を込め、つま先に体重を乗せていく。

「――行くぞ、ディール」

「くくっ、いつでもおいでくだせぇ。旦那の最期《さいご》は、あっしが看取《みと》ってあげやすよ」

そうして俺は、過酷な戦いに身を投じた。

■

それから先の戦闘は、あまりにも一方的な展開だった。

「――おやおやぁ、さすがにそろそろ限界ですかぃ？　随分と体が重そうです……よッ！」

ディールは毒龍の口から吐き出された紫色の剣をもって、前へ前へと攻め込んでくる。

「まだまだ……っ」

千変万化の紫の斬撃、体から飛び散る猛毒の飛沫《しぶき》。

俺はそれらを捌《さば》くのに精一杯で、反撃の暇《いとま》を見出すことさえできなかった。

「そぉら、踊ってくだせぇな――毒龍の死舞《ヒドラ・ワルツ》！」

ディールの肩口から生えた毒龍が、一斉にこちらへ首を伸ばす。

総数九体。数こそ多いが、それぞれの動きはそこまで速くない。

「八の太刀──八咫烏《やたがらす》・連！」

俺は十六の斬撃を放ち、その全てを斬り払う。

しかし、奴《やつ》の攻撃はそこで終わらなかった。

「なっ⁉」

毒龍の首は斬ったそばから再生していき、再びこちらへ牙を剝《む》く。

「く、そ……っ」

四方八方から迫りくる毒龍をときには躱《かわ》し、ときには斬り捨てていくが……。

「──そぉら、三か所目ぇ！」

いつの間にか足元に忍び寄っていた一体が、俺の右足に食らい付いた。

「痛《い》……ッ」

鋭い牙が肉を抉り、細胞を殺す猛毒が染《し》み込んでいく。

「離れ、ろ……！」

毒龍の首を刎《は》ね飛ばし、大きく後ろへ跳び下がる。

それに対してディールは──追撃を仕掛けてくることはなく、ジッとこちら見つめていた。

「はぁはぁ……っ」

今しがた負傷した右足が、ズキンズキンと凄まじい痛みを訴えてくる。

（まだ、だ……っ。まだ動けるはずだ……ッ）

歯を食いしばり、正眼《せいがん》の構えを取った。

すると、

「……もういい加減にしてくれやせんかねぇ？　脇腹に左肩、そんでもって右足――これだけ〈九首の毒龍《ヒドラ》〉の猛毒を食らえば、普通もう十回は死んでやすよ……。いや、人として死んでおかないと駄目ですって……」

奴は心底うんざりした表情を浮かべる。

「旦那は知らねぇと思いやすが、『真装』ってのはめちゃくちゃ燃費が悪いんですよ。こうして能力を発現させているだけで、馬鹿みてぇに霊力を食っちまう。――あっしもちょいと疲れて来たんで、ここらでそろそろ終わりにしやしょうか」

ディールが気だるげに右腕を振り上げれば、

「嘘《うそ》、だろ……？」

そこへ、とてつもない霊力が集中していった。

（……無理だ……）

それはまさに『桁違い』。

冥轟《めいごう》はおろか断界《だんかい》でも相殺《そうさい》しきれない。

そう確信できるほどの圧倒的な出力だった。

「それじゃ、安らかに眠ってくだせぇ。――毒龍《ヴェノム》の」

奴が大きく一歩前に踏み出したそのとき、

「――調子に乗るなよ、ゴミクズが」

俺の意思に反して、左手がスッと前に伸びる。

刹那、空間がぐにゃりと歪《ゆが》み、ディールを包み込むようにして十の黒剣が展開された。

「これ、は……!?」

奴は顔を真っ青に染め、すぐさま攻撃をキャンセル。

九体の毒龍を全身に巻き付け、分厚い毒の鎧《よろい》を展開した。

「――毒龍の守護《ヒドラ・アサイラム》！」

「死んどけ」

俺の左拳がギュッと握られた次の瞬間――十の黒剣は途轍《とてつ》もない速度で放たれ、耳をつんざく破砕音が鳴り響く。

強烈な衝撃波が吹き荒れ、この島全体がグラグラと揺れた。

「が、は……っ」

毒龍の防御を貫通した漆黒の刃は、ディールの全身に深々と突き刺さっている。

真装を展開した奴が、初めて手傷を負った。しかも、かなりの重傷だ。

「ぜ、ゼオン……か？」

俺がそう問い掛ければ、

「ちっ、なんだこのしょんべんみてぇな威力は……。我ながら、情けねぇ……っ」

胸の奥底から、苛立《いらだ》った声が返ってきた。

（俺からすれば、十分過ぎる攻撃に思えるけど……）

どうやら本人的には、全く納得のいかないものだったらしい。

「おい、クソガキ。先に言っておくが、これ以上の援護は期待するな。霊核は――特に俺は、外界にほとんど干渉できねぇ。実際今のしょっぺぇ攻撃をするだけで、かなりの力をもっていかれちまった」

「そうか……。いや、助かったよ」

もしゼオンが手を出さなければ、俺はあのままやられていただろう。

「今すぐにでもその体を奪って、目の前のカスを捻《ひね》り潰してぇところだが……。うざってぇことに、もう一匹のゴミが常にこっちを警戒していやがる……。これじゃ表に出た瞬間、

『初期硬直』を狙われて終わりだ」

「『もう一匹のゴミ』……？」

チラリとフォンの方へ視線を向ければ――ほんの一瞬だけ、しっかりと目があった。

奴はバッカス＝バレンシアという強大な剣士を相手にしながら、何故《なぜ》か常にこちらへ意識を向けていた。

「腹立たしいことこの上ねぇが……ここは一旦退《ひ》け。今なら毒使いのカスも動けねぇはずだ。『闇の足場』を作って、さっさと海を渡れ」

ゼオンは強い口調で、この場からすぐに離れるよう言ってきたが……。

「悪いが、それはできない」

「……あ？」

「リアたちを置いていくわけにはいかない。俺はここに残って、ディールを倒す」

「おいおぃ……。それだけ一方的にやられて、まだ互いの実力差もわかんねぇのか？　ま、い、い、い、い、いや、ともに魂装すら使えねぇ半人前が、『成熟した真装使い』に勝てるわけねぇだろうが！　こんなくだらねぇ理屈、尻の青いガキでもわかるぞ、えぇ!?」

奴の怒声が、胸の奥底から頭の天辺《てっぺん》まで響き渡る。

「てめぇがここに残ったところで、『結果』はなんにも変わりゃしねぇ――『全滅』だ！」

「……だろうな」

ゼオンの言うことは、何も間違っちゃいない。

このままいけば、俺たちはきっと皆殺しにされるだろう。

「わかってんのなら、さっさと行動に移せ！　後ろで転がっている足手まといは捨てて、今すぐこの場から離脱――」

「――でも、『可能性』はゼロじゃない」

「……………あ？」

「俺の実力じゃ、ディールには勝てない。だけど、『時間稼ぎ』ぐらいならできる。そうすればほら、誰かが助けに来てくれるかもしれないだろ？　レイア先生とか、他の七聖剣とか、さ」

「てめぇは真性《しんせい》の馬鹿か!?　この絶海の孤島に、増援なんざ来るわけねぇだろうが！」

「……だろうな」

自分がどれだけ非現実的で夢物語のようなことを言っているのかは、ちゃんとわかっているつもりだ。

「だけど、可能性がゼロじゃないなら……。ほんのわずかでも、リアたちが生き残れる道があるのなら……その未来を掴《つか》むために、俺は剣を振る」

十数億年と磨き続けたこの剣術は、大切な人たちを守るためにあるんだ。

もしここで尻尾を巻いて逃げたら、たとえ命を拾うことはできても、『アレン＝ロードルという剣士』は確実に死ぬ。

「ふ、ふざけるな、よ……ッ。いったい、どれだけ……時間……費や──てめぇの……。誰が……爺《じじい》の、ボタン……ッ」

憤怒《ふんぬ》に満ちたゼオンの言葉は、ひどく途切れ途切れに聞こえた。

「……悪い。どうやらもう、お前と話すのも難しそう、だ……」

意識が……薄い。

視界がチカチカと明滅を始め、徐々に耳が遠くなってきた。

霊力の欠乏か、はたまた血を流し過ぎたのか。

いや、きっとその両方だろう。

「こ、の、クソガキがぁあああ……！　いいかよく聞け！　いざとなったら死ぬ気で『道』を繫《つな》げろ！　自分の『根源』を、『ロードル家の──」

ゼオンの壮絶な怒鳴り声は、途中で切れてしまった。

「──いやぁ、今のはさすがに肝を冷やしました。さすがは旦那、中にとんでもねぇ霊核を入れていやすねぇ……」

ディールは体に突き刺さった黒剣を一本一本抜きながら、しみじみとそう呟《つぶや》く。

（……速い）

奴の全身に刻まれた深い刺し傷は、みるみるうちに回復していった。

真装を展開したことで、回復能力も大きく底上げされているようだ。

「さっきのアレ、『未知の幻霊』でも取っ捕まえて来たんですかぃ？」

「さぁな」

「くく……っ。あっしと旦那の仲なんですから、教えてくれてもいいじゃないですかぁ」

ディールは気持ちの悪い冗談を口にし、小さく肩を揺らす。

「ただまぁ……たとえどれだけ強力な霊核でも、所詮は『実体』を持たない空虚な存在。現実世界へ干渉するには、馬鹿みてぇな力を消耗しちまう。――追撃を仕掛けて来なかったところから判断して、『あの化物』はもうガス欠になってるんじゃないですかぃ？」

どうやらこいつは、霊核についても深い知識を有しているようだ。

「さぁ……それはどうかな？」

俺はこちらの手札がないことを悟らせないよう、必死に余裕の笑みを浮かべる。

「『見え透いたブラフ』と切り捨てたいところですが……。旦那の場合、万が一ということもあり得る。——仕方ありやせん。ちぃとばかし、地獄を見てもらいやしょうか」

ディールは嗜虐《しぎゃく》的に嗤《わら》い、毒々しい剣を中段に構える。

そこから先は、もはや『戦い』と呼べる代物じゃなかった。

「そらそらそらぁ……！　どうしたんですかぃ？　さっきからずぅっと、守ってばっかりですよッ！」

「……っ」

奴《やつ》は隙のない小技ばかりを繰り出し、ジワリジワリと俺の体を斬り刻んでいく。

（大技を使われれば、もう一発で終わりなんだけどな……）

どうやらさっきのブラフが、『ゼオンという見えない手札』が効いているらしく、ディールは一歩踏み込んだ攻撃を出来ずにいた。

そのおかげもあって、俺はまだこうして二本の足で立つことができている。

だけど、それもそろそろ限界だ。

（奴が真装を展開してから、どれくらいの時間が経《た》っただろうか……）

五分？

十分？

いや、もしかしたら、まだ一分そこらかもしれない。

（とにかく、この体はもう……死《し》に体《たい》だ）

〈九首の毒龍《ヒドラ》〉の猛毒が、細胞という細胞を殺し尽くしている。きっと何をしても、助かることはないだろう。

（俺は間違いなく、今日ここで死ぬ）

それならせめて、『有効活用』してやろうと思った。

この命が尽きるその瞬間まで剣を振るい、コンマ一秒でも長く時間を稼ぐ。

誰かが助けに来てくれるという、米粒よりも小さな可能性に賭けて、この体を使い潰すのだ。

「アレン、もうやめて……。もぅ十分だよぉ……っ」

背後から、リアの泣きじゃくるような声が聞こえる。

だけど、何を言っているのかまではわからなかった。

俺の耳はもう、はっきりと音を識別できない。

それどころか、まともに歩くことすら不可能だ。

今はほんのわずかな視覚情報、そして第六感のようなものを頼りに、致命傷を防いでいるだけに過ぎない。

（まだ、だ……まだ、倒れるな……っ）

毒に侵され、血にまみれ、ボロボロになった両の手で黒剣を握り、なんとか正眼《せいがん》の構えを維持する。

「肉体のほとんどは死滅しているんですが、まぁだ倒れませんか……。本当に化物染《じ》みた精神力ですねぇ。いや、ここまで来たらもう『化物』と呼ぶ方が正確だ」

ディールは肩を竦《すく》めながら、何事かを呟いた。

「いやぁしかし、気になりやすねぇ……。その強い心が折れたとき、いったいどんな音色を奏《かな》でるんでしょうか？　嗚呼《ああ》、想像しただけでもう……鳥肌が止まりやせん……ッ」

奴は生理的嫌悪《けんお》感を掻《か》き立てる醜悪な笑みを浮かべ、ゆっくりと――リアの方へ歩き出した。

「や、やめろ……！」

俺はほとんど感覚のない足へ命令を送り、ディールへ斬り掛かる。

「ハァ！」

渾身《こんしん》の力を込めた斬撃は――いとも容易《たやす》く躱《かわ》されてしまった。

「今から愉《たの》しいショーが始まるんですから、旦那は大人しくしていてくださいね……ッ！」

「がっ⁉」

強烈な蹴りが腹部へ刺さり、俺は無様に地面を転がった。

その間、奴は軽やかな足取りで歩みを進め、リアの真っ正面に立つ。

「く……っ。覇王流――剛撃《ごうげき》！」

灼熱《しゃくねつ》の炎を纏《まと》ったその一撃は、虚《むな》しくも空を斬った。

「はぁ……。リアのお嬢さん、あっしと旦那の戦闘を見ていやしたか？　そんな遅い斬撃が、当たるわけないでしょうに……。――毒龍《ヒドラ》」

ディールがつまらなさそうに呟いた次の瞬間、奴の肩口から伸びた四体の毒龍が首を伸ばす。

「い、や……来ないで……っ」

桁違いの出力を前にした彼女は、あまりの恐怖に身を固めた。

その結果、

「う……っ!?　あ、あぁ……ッ」

リアは毒龍に組み伏せられ、苦悶《くもん》の叫びをあげる。

〈九首の毒龍《ヒドラ》〉の猛毒を注入され、彼女の両手両足に禍々《まがまが》しい紋様が浮かび上がる。

「く、そ……ッ」

大地に這《は》いつくばった俺は、死ぬ気で起き上がろうとした。

しかし、どれだけ強く命じても、体は言うことを聞いてくれない。

(動け、動け動け動け……動けよ……ッ)

そうして強く歯を食いしばっていると、

「――だーんな。今からあなたの『大切なもの』を一つ一つ壊していくんで、ようく見ていてくださいね?」

ディールは悪意に満ちた笑みをたたえ、見るも禍々《まがまが》しい毒剣を振り上げた。

その足元には、毒龍に組み伏せられたリア。

奴が次に取る行動は、誰の目にも明らかだった。

「や、やめろ……! 頼む、頼むから……それだけは、やめてくれ……。俺の……大切な人なんだ……っ」

恥も外聞《がいぶん》もかなぐり捨て、すがるようにして頼み込んだ。

もうそれぐらいしか、俺に出来ることはなかった。

「く、くくく……っ」

必死の懇願《こんがん》を耳にしたディールは、ニィッと口角を吊《つ》り上げる。

「あっははは! いやぁ、素晴らしい! ようやくいい声を聞かせてくれました……ねぇ!」

奴はひとしきり笑い声をあげた後――リアの心臓へ、紫色の剣を深々と突き立てた。

「ぃ、ぁ……っ」

彼女の体がビクンと跳ね、その胸から鮮血が流れ出していく。

「……………うそ、だろ」

「あぁ～……、やっぱりたまらないなァ……。命を刈り取るこの感触、希望が絶望へと変わっていくこの音……嗚呼《ああ》、最高に気持ちいぃ……」

ディールは恍惚《こうこつ》とした表情で、静かに目を閉じた。

「アレ、ん……。逃げ、て……」

心臓を貫かれたリアは、こちらへ必死に手を伸ばし――ピクリとも動かなくなった。

彼女の健康的な肌はみるみるうちに土色へ変わり、紺碧《こんぺき》の瞳から生気が失われていく。

命の灯《ともしび》が、溢《あふ》れんばかりの輝きが――消えていく。

「り、あ……？」

「く、くくく……あっはははははははッ！　どうですか、旦那ぁ!?　大事な仲間を守れなかった気分は！　大事なものを目の前で壊された感想は！　ねぇねぇ、ほらほらほらぁ、黙ってないでなんとか言ってくださいよぉ!?」

このとき俺は――生まれて初めて、人を殺したいと思った。

こいつだけは、生きていちゃいけないと思った。

たとえどんなことをしても、絶対に殺さなくてはいけないと思った。

「……もう、どうだっていい」

もう二度と立てなくなろうが……。

もう二度と剣を握れなくなろうが……。

そんなことはもう……どうだっていい。

だから――。

「――ディールを殺せるだけの力を、ありったけの力を寄越せ……ゼオンッ！」

憤怒《ふんぬ》と憎悪《ぞうお》に支配された俺が、力強くそう叫んだ次の瞬間――これまで閉ざされていた『道』のようなものがこじ開けられ、どす黒い闇が無限に溢れ出す。

かつてないほど暗く、救いようがないほど邪悪なそれは、瞬《また》く間《ま》にこの無人島を包み込み、見渡す限りの海を漆黒に染めていった。

「小僧、この力……やはりお前だったのか……ッ」

「こ、これがあの『ロードル家の闇』……⁉　いや、何かおかしいぞ⁉」

バッカスさんとフォンがこちらへ視線を向け、

「は、はは……っ。こいつぁ凄《すご》い……！　さすがは旦那、まだこんな力を隠し持っていたんですねぇ！」

ディールは興奮した様子で、パンパンと手を打ち鳴らした。

「――ディール、歯を食いしばれ」

「……は？」

俺は一足で両者の間合いを詰め、大きく振りかぶった右腕へ闇を集中させる。

「ま、ず……⁉　――守れ、〈九首の毒龍《ヒドラ》〉ッ！」

奴は九体の毒龍を体に纏わせ、分厚い『毒の鎧《よろい》』を展開した。

しかし、

「おらぁ……ッ！」

俺の放った右ストレートは、いとも容易く毒龍を粉砕し、

「馬鹿、な……がふッ⁉」

全く勢いを失うことなく、ディールの鼻っ柱へ突き刺さった。

「ぐっ、がぁ……ごふ……ッ⁉」

渾身の右ストレートを食らった奴は――地面と水平に飛びながら、いくつもの木々を薙《な》ぎ倒《たお》していく。

〈九首の毒龍《ヒドラ》〉の防御がギリギリ間に合ったため、即死は免《まぬが》れたらしい。

本当にしぶとい奴《やつ》だ。

「……リア」

足元へ視線を向ければ、そこには物言わぬ彼女が倒れ伏している。

「……痛かったよな」

胸に突き立てられた剣をゆっくり引き抜き、それをギュッと握り潰した。

リアの頰にそっと左手を添えれば――まだほんのりと温《ぬく》もりが残っている。

しかし、その目はただただ虚空《こくう》を見つめるだけで、あるべきはずの鼓動はピタリと止まっていた。

「……ごめん、ごめんな……っ」

まだ戦闘中だというのに、涙が止まらなかった。

「全部、全部全部全部……ッ。俺が悪いんだ……。俺が……弱いから……。俺が……ディールを倒せなかったから……っ」

血が滲《にじ》むほど拳を握り締め、懺悔《ざんげ》の言葉を口にする。

悲哀・絶望・憎悪。

様々な負の感情が湧き上がり、それに呼応して闇の出力はどんどん増していく。

足元に広がる血の海、そこに映った俺の姿は――ゼオンとそっくりだった。

真っ白に染まった頭髪。

左目の下に浮かんだ黒い紋様。

およそ人間のものとは思えない、おぞましく邪悪な闇。

ただ一つ違いがあるとすれば――目だ。

赤黒く濁った瞳には、全くと言っていいほど生気がなかった。

「……もう少しだけ、待っていてくれ。今からディールを殺してくるよ。そうしたら、俺もすぐにそっちへ行くから」

全身を蝕《むしば》む猛毒の痛みは、いつの間にか消えている。

その代わり――巨大過ぎるゼオンの力によって、体中が悲鳴をあげていた。

細胞の死滅と再生が異常な速度で繰り返され、こうしている今も凄《すさ》まじい激痛が全身を駆け巡っている。

俺の未熟な肉体では、この大出力に耐えられないらしい。

こんな状態で戦闘を続ければ、きっとすぐに限界を迎え――命を落とすことになるだろう。

しかし、そんなことはどうだってよかった。

（これだけの力があれば……殺《や》れる……）

俺の目的はただ一つ、リアの仇《かたき》を討つことだ。

それさえ達成できれば、後のことなんてどうだっていい。

すると——俺の展開した『黒』を押しのけるようにして、毒々しい『紫』の波動がほとばしった。

「く、くくく……あっはははははははは……ッ。いやぁ、今のはい〜ぃ一撃でしたぁ。なんというかこう、体の芯がグラリと揺れましたね！　あれほど情熱的な拳をもらったのは、いったいいつぶりのことでしょうか……。あっし、旦那のことがもっともぉっと好きになりやしたよぉ……！」

〈九首の毒龍《ヒドラ》〉の力で回復したディールは、くだらない戯言《ざれごと》を口にしながら、ゆっくりとこちらへ向かって来た。

「しかし、驚いた。まさか〈九首の毒龍《ヒドラ》〉の猛毒を跳《は》ね除《の》けるとは……。いや、それだけに惜しい！　後ほんの少し早くその力に目覚めていれば、あなたの大切なリアのお嬢さんは——」

「——黙れ」

芝居がかった動き・耳障《みみざわ》りな声・馴《な》れ馴れしい喋《しゃべ》り方。

ディールの一挙一動、言の葉に至るまでが、俺の気持ちを逆撫《さかな》でしてくる。

「おやおや、どうやら嫌われてしまったみたいですねぇ……」

奴が肩を揺らしながら右腕をあげれば、肩口から生えた四体の毒龍がヌッと鎌首《かまくび》を持ち上げた。

すると次の瞬間、

「――毒龍の恩寵《ヴェノム・ギフト》」

毒龍は一斉にディールの四肢《しし》へ食らい付いた。

「あぁ～……。五感が研ぎ澄まされていくこの感覚は、やっぱりたまりやせんねぇ……ッ」

奴は口の端によだれを垂らしながら、自らの体をギュッと両手で抱き締めた。

「……能力強化か」

ディールの全身には、禍々《まがまが》しい紫色の紋様が浮かび上がっている。

〈九首の毒龍《ヒドラ》〉の能力で、細胞を活性化させる毒を生成し、それを自らに使用したのだろう。

「ご・め・い・さ・つ！　今のあっしは、さっきの数倍強いです……よぉッ！」

力強く大地を蹴り付けた奴は、一歩で間合いをゼロにしてきた。

その手には、猛毒を凝縮させた紫の剣が握られている。

「そぉら――毒龍の咬撃《ヴェノム・ヴァイト》！」

ディールの繰り出した渾身《こんしん》の突きは、

「……」

「……馬鹿、な……っ」

俺が無造作に垂れ流している闇さえ、貫くことができなかった。

「どうした、こんなものか？　……ええ？」

「……!?」

右足を軽く振り抜けば、奴はすぐさま両腕をクロスして防ぐ。

しかし、

「が、ぐ……ッ」

闇を集中させた蹴りはとてつもない威力を誇り、完璧に防御したはずのディールを遥《はる》か後方へ吹き飛ばした。

今の鈍い感触からして、両腕は粉々に砕けているだろう。

「ま、だ、終わりやせんよぉ……っ。――毒龍の生血《ヴェノム・ブラッド》」

真紅の液体が奴の全身を包み込んだ次の瞬間、おかしな角度にひしゃげた奴の両腕が一呼吸のうちに完治した。

魂装〈英雄殺しの劇毒《デッドリー・ヴェノム》〉とは、比べ物にならない回復速度だ。

「残念ながら、身体能力じゃ勝てなさそうですねぇ――毒龍の死舞《ヴェノム・ワルツ》」

ディールは血走った目でこちらを睨《にら》み付けながら、九体の毒龍を殺到させる。

「く、くくく……っ」

俺は腹の底から込み上げてくる笑いを噛《か》み殺しながら、迫りくる毒龍を時には引き裂き、時には握り潰し、時には地面に叩《たた》き付けながら、ディール目掛けて一直線に突き進む。

「なんだなんだぁ、随分と可愛《かわい》らしい蜥蜴《とかげ》じゃねぇか？　えぇ？」

刹那にも満たない時間で、全ての毒龍を粉砕した俺は――眼前のディールへ優しく微笑《ほほえ》み掛けた。

「へ、へへ……。ここは一つ、お手柔らかにお願いしやすよ」

減らず口が零《こぼ》れると同時、俺は手心を加えた左ストレートを放つ。

「ご、ふ……っ」

それはディールの鳩尾《みぞおち》を正確に射貫《いぬ》き――奴は血反吐《ちへど》を吐き散らしながら、地面と水平に吹き飛んでいった。

「くくく……っ。おいおいどこへ行くんだ……よぉ！」

俺はディールの右足に巻き付けておいた闇を引っ張り、奴の体を無理やりこちらへ手繰

り寄せ、

「おらぁッ！」

その顔面に渾身の一撃を叩き込んだ。

「ぁ、が……っ」

奴は受け身すら取れず、全身を何度も地面に打ち付けながら転がっていく。

俺の右拳には、なんとも言えない小気味よい感触がじんわりと残っていた。

「は、ははは……あっはははははははは……ッ！　おぃおぃ、ご自慢の真装《しんそう》はそんなもんかぁ？　こんなんじゃ準備運動にもなりゃしねぇぞ、えぇ⁉」

頭の中が『戦い』で埋め尽くされていくのがわかった。

体が、血が、心が――『戦闘』を求めているのだ。

わずかな静寂の後、

「――毒剣ヒドラ」

煮え立つような毒の柱が、遥か前方より立ち昇った。

ジッと目を凝らせば――鬱蒼《うっそう》とした木々の奥から、ゆっくりとこちらへ向かう紫色の影が見えた。

「……素晴らしい。なんとおぞましく、邪悪な力だ！　――感じやす、感じやすよぉ……。

失意に絶望、そしてとびっきりの殺意！　旦那ぁ、やっぱりあなたは最高です！　もっとやりやしょう……。　もっともっとやり合いやしょうッ！」

血染めのディールは外套《がいとう》を脱ぎ捨て、凶悪な笑みを浮かべた。

（……回復が間に合ってねぇな）

真装を展開したディールの回復力は凄まじく、たとえどんな重傷であろうが、たちまちのうちに全快していた。

しかし、ここに来てそれが途絶えた。

（粉砕骨折した箇所や大量出血したところは、さすがに治しているようだが……）

細かい裂傷や打撲痕などは、そのまま綺麗《きれい》に残っている。

戦闘継続に必要なところだけ、最低限の治療を施したといった感じだ。

（霊力の枯渇《こかつ》……。いや、本来なら回復に使うはずの力を全部あっちに回したのか）

ディールの右手には毒龍を模《かたど》った長剣が握られており、それは、それなりの圧を発していた。

おそらく、ありったけの霊力を注ぎ込んだのだろう。

「へへっ、い～ぃ剣でしょう？　毒剣ヒドラは、あっしが持つ最強の一振り。これを使うのは、旦那が二人目なんで――」

「――ぷっ、くくく……っ」

思わず噴き出してしまった俺に対し、ディールは眉をひそめた。

「……何が可笑《おか》しいんですかい？」

「いやぁ、すまねぇなぁ……。ただ——あまりにも『気の毒』に思えてよぉ……」

「……気の毒？」

「あぁ。くく……っ。大の大人が、そんなみすぼらしい玩具《おもちゃ》を見せびらかすんじゃねぇよ。

——黒剣」

俺がポツリとそう呟《つぶや》けば、空間を引き裂くようにして漆黒の剣が現れた。

それは全てを台無しにするような『黒』。

太陽の光さえも吸収し、万物《ばんぶつ》を無に帰す闇の一振りだ。

「は、はは……。なるほど、確かにこいつは凄《すげ》ぇや……ッ」

紛《まご》うことなき『本物』を目にしたディールは、カタカタと震えながら——それでも逃げ出すことはなかった。

「ほぉ……。これだけ絶望的な『差』を見て、まだ逃げ出さねぇか」

「……逃げる？　はぁ……」

ディールは演技でもなんでもなく、心の底から悲しそうにため息をつく。

「アレンの旦那ぁ……。これだけ激しく斬り合った《愛し合った》というのに、まだあっしという人間を理解してないんですかぃ？」

「あ？」

「痛みも悲しみも苦しみも、所詮は全て『いい音』を聞くためのスパイスに過ぎやせん！　あっしはもう間もなく、斬り殺されちまうでしょうが……。そのとき自分は、いったいどんな風に『鳴く』んでしょうか？　痛みに耐えかねた苦悶《くもん》の声？　これまでの罪を顧《かえり》みた懺悔《ざんげ》の言葉？　はたまたアレン＝ロードルという『運命の相手』に斬られた歓喜の雄叫《おたけ》び？　そしてそして──見事復讐《ふくしゅう》を成し遂げた旦那は、果たしてどんな声を聞かせてくれるんでしょうか⁉　嗚呼《ああ》……もぉ楽しみで楽しみで仕方ありやせん……！」

「はっ、くだらねぇな」

こいつにとっては、自分の命さえも一時の愉悦《ゆえつ》を得るための道具に過ぎないらしい。

ディール＝ラインスタッドという人間は、どうしようもないほど壊れているようだ。

「少し名残惜しいですが、そろそろ決着と行きやしょうか」

ディールが左手を伸ばせば──そこへ禍々しい毒が集中していき、厳《いか》めしい巨大な弓が生まれた。

「よっこらせっとぉ」

奴《やつ》は毒剣ヒドラを『矢』のようにして番《つが》え、こちらへ狙いを定める。

「これから放つのは、あっしの生涯と旦那への愛を込めた渾身の一撃――どうか受け取ってくだせぇ」

「その糞《くそ》つまんねぇ戯言《たわごと》が、『最期《さいご》の言葉』でいいんだな？」

「くく……っ。あなたという人は、最後の最後までつれない人ですねぇ……！」

ディールは愉《たの》しそうに破顔《はがん》し、限界ギリギリまで弦《つる》を引き絞る。

次の瞬間、

「――英雄殺しの毒龍」

毒剣ヒドラがとてつもない勢いで射出された。

その一撃はおびただしい猛毒を内包しており、草も石も土も――それに触れたものは文字通り全て死んでいく。まさに邪悪な毒龍そのものだ。

「へぇ……」

さすがは元皇帝直属の四騎士、熟練の真装使いと言ったところか。

眼前に迫る一撃には、ほどほどの威力が秘められていた。

「ゴミカスにしては、まともな技じゃねぇか」

俺はゆっくりと腰を落とし、黒剣の持ち手をグッと後ろへ引き絞る。

「四の太刀――黒槍《こくそう》」

刹那――剣先一点に凝縮された闇が、爆発的な速度で解き放たれた。

六の太刀冥轟《めいごう》とは異なり、『一極集中』した闇の突きは、迫りくる毒龍を貫き、

「は、はは……っ。おみご、と……」

ディールの胴体に大きな風穴をこじ開けた。

真装〈九首の毒龍《ヒドラ》〉は光の粒子となって消滅。

奴はその場で、ゆっくりと倒れ伏した。

「……が、ふ……っ」

焦点《ピント》の合っていない双眸《そうぼう》は虚空《こくう》を泳ぎ、胸部の穴からは絶えず鮮血が流れ出している。

英雄殺しの毒龍で全ての霊力を使い果たしたのか、自慢の回復能力は完全に鳴りを潜めていた。

「……ぜひゅ、ぜひゅ……っ」

ディールの顔はみるみるうちに青く染まっていき、もはや虫の息といった状態だ。

「ははっ、えらく惨《みじ》めなザマじゃねぇか！　ご気分はどうですかぁ、んん？」

「……へ、へへ……。おかげさまで最高で、さぁ……っ」

奴はそう言って、胡散臭《うさんくさ》い笑みを浮かべた。

「はっ、その軽口もここまでくりゃぁ立派なもんだ」

俺が心の底から呆《あき》れ返っていると、

「さぁ、早くとどめを刺してくだせぇ……っ。そうすりゃあっしは、旦那の中で『永遠の存在』となる！　いつまでもどこまでも、あなたとともに生き続けられるんでさぁ！」

ディールは血まみれの右手をこちらへ伸ばし、必死に懇願してきた。

「……どこまでも気持ち悪ぃ奴だな。そんなにすぐ死にてぇのなら、望み通り殺《や》ってやる……よォ！」

ディールの首に狙いを定め、とどめの一撃を振り下ろした次の瞬間、

「――そこまでにしてもらおうか」

七聖剣フォン゠マスタングが、黒の斬撃を真っ正面から受け止めた。

（なんだこの『砂』……随分と硬ぇな）

フォンは球状の砂に包まれており、それが黒剣の一撃を阻《はば》んでいる。

「確かにディール《こいつ》は、救いようのない下種《げす》だ。人間性は壊滅しているうえ、品性の欠片《かけら》もない。だがしかし、『真の平和』のためには必要な戦力。ここで失うわけにはいかない」

「つまりぃ……邪魔をするってことだな？」

「あぁ、そうだ」

「なら、死んどけ」

俺は闇の出力を跳ね上げ、砂の球体を斬り飛ばした。

「……ふむ、ただの一振りで、私の砂球《さきゅう》を破壊するとは……。馬鹿げた威力をしているな」

間一髪のところで漆黒の斬撃を回避したフォンは、瀕死《ひんし》のディールを手早く回収し、大きく後ろへ跳び下がる。

「これが『ロードル家の闇』か……。情報とは大きく違っているが、途轍《とてつ》もない力だな。あのバレル＝ローネリアが警戒するわけだ」

奴は油断なく剣を構えながら、品定めするようにこちらを見つめた。

すると――小脇に抱えられたディールが、もぞもぞと動き出す。

「あ、あっしは……アレンの旦那《あのひと》と一緒にぃ……っ」

「貴様の行き過ぎた破滅願望など知らん。〈九首の毒龍《ヒドラ》〉の力が戻るまで、しばらくはそこで眠っていろ」

フォンはそう言って、無造作にディールを放り投げた。

（……あのゴミカス、もう治り始めていやがるな）

奴の胴体にぽっかりと空いた風穴――そこから溢《あふ》れ出す血は、既に止まりかけていた。

おそらくあの回復力は、〈九首の毒龍《ヒドラ》〉という霊核が持つ特性だろう。……ゴキブリのようにしぶとい奴だ。

（それにしても、バッカスの野郎はどうしたんだ？）

背後を振り返るとそこには――右手で大地を握り締めながら、荒々しい呼吸をする彼の姿があった。

血管の浮かび上がった左手は心臓のあたりをギュッと握り、口の端からは鮮血が垂れ落ちている。

（……発作、か）

あの様子では、もう戦闘を続けることは難しいだろう。

俺が素早く状況確認を終えたところで、

「――アレン＝ロードル。どうだ、私たちの仲間にならないか？」

フォンは突然、意味のわからない提案を口にした。

「貴様が示したその力は、称賛に値するものだ。ここで命を散らすのは、あまりに惜しい
……世界的な損失と言っても過言ではない」

奴はこちらの返答を待たず、好き勝手に語り出す。

「自分で言うのもなんだが……私は強い。後ろで転がっているディールよりも遥《はる》かに、な」

フォンは顔に余裕を張り付けたまま、淡々と言葉を紡《つむ》いでいく。

「断言しよう。未熟な貴様では、私に勝つことなどあり得ない。今ここで剣を交えるのは、ただの自殺行為と相違《そうい》ないのだ。それならばどうだろう？　私たちと共に『正義』を為《な》そ――」

「――ぐだぐだぐだぐだうるせぇな」

「……なに？」

「ディールは殺す。それを邪魔するてめぇも殺す。話はそれで終わりだ」

俺はそう言って、黒剣の切っ先を突き付けた。

「……正義に仇為《あだな》すというのならば仕方あるまい。我が『真装』をもって、貴様を平和の礎《いしずえ》としてやろう」

フォンの纏《まと》う霊力が、瞬《また》く間《ま》に膨れ上がっていく。

「ほぉ、どうやら口だけじゃねぇみたいだな……」

静謐《せいひつ》な殺意は研ぎ澄まされた刃を想起させ、肌を突き刺すプレッシャーは木々をざわつかせる。

さすがは聖騎士が誇る最強の剣士、『七聖剣』と言ったところか。大口を叩《たた》くだけのことはあるらしい。

フォンは鋭い眼光を滾《たぎ》らせたまま、ゆっくりと両手を広げた。

「虚空を泳げ――〈浄罪《じょうざい》の砂鯨《すなくじら》〉」

掌《てのひら》サイズの小さな鯨が、ふわふわと宙に浮かび上がる。

（……また妙なもんを出しやがったな）

鯨の外皮は茶色く、頭部には立派な一本角が生えていた。

そして何より、その数は軽く百を超えている。

ちょうど近くを漂っていた一匹を摘まめば――たちまちのうちに金色の砂と化し、風によって吹き散ったそれは、少し離れた場所で元の姿に戻った。

（……砂の鯨、か……）

おそらくは操作系に属する能力だろう。

「さぁ、それでは始めようか」

フォンの右手には砂の小太刀、左手には半身を隠す大きな砂の盾が握られていた。

その姿は『剣士』というより、『騎士』という言葉の方がしっくりとくる。

「盾持ちとやり合うのは、初めての経験だなぁ」

「そうか、最初にして最後の経験となるだろう。精々楽しむがいい」

「ばっ。聖騎士の誇る『七聖剣』様が、果たしてどれほどのもんか……。ちょいと見させてもらおうかねぇ！」

俺は力強く地面を蹴り付け、フォンとの距離を一気に詰めようとすれば、

「馬鹿正直に突っ込んでくるとは……愚かだ。――鯨餅《くじらもち》」

空を泳ぐ大量の砂鯨《すなくじら》が、行く手を阻んできた。

「こんな砂屑《すなくず》、足止めにもならねぇよ！」

黒剣を軽く振るい、目の前の二十匹を薙《な》ぎ払《はら》った瞬間、

「――ただの砂と侮《あなど》ったな？」

「なっ⁉」

砂鯨《すなくじら》は強い粘性を持った金色の流砂と化し、俺の全身に纏わり付いた。

（これ、は……なんて重量だ……っ）

体に付着した砂は、バケツ一杯分にも満たないだろう。

それにもかかわらず、まるで全身が鉛になったかのように重い。

砂粒一つ一つが、通常では考えられないほどの質量を誇っているのだ。

（なるほど、そういう能力か……ッ）

浄罪《じょうざい》の砂鯨《すなくじら》。

その本質は『砂の操作』ではなく、『砂の性質変化』だったらしい。

この鯨餅《くじらもち》は、砂に『重量』と『粘性』を付したもの。

おそらくこの他にも、様々な性質変化が可能に違いない。

「相当な重さだろう？　私の霊力をたっぷりと吸い込んだ特別製の砂だからな。さぁ、次の一手と行こう——弾鯨《たまくじら》」

フォンが小太刀を振り下ろせば——百匹を越える砂鯨《すなくじら》の軍勢が、凄《すさ》まじい速度で殺到してきた。

「ぢぃ、うざってぇ……！」

俺は黒剣を握る手に力を込め、迫りくる砂鯨《すなくじら》を迎撃していく。

しかし、先ほどと同様に鯨は斬った先から粘性のある流砂と化し、こちらの四肢へ纏わり付いてくる。

（この数、捌《さば》き切れねぇ……ッ）

俺の動きが鈍ってきたところで、

「——さて、少し弾数《たまかず》を増やそうか」

フォンは新たな砂鯨《すなくじら》を生み出し、それらを一気に弾鯨《たまくじら》として射出した。

「う、ぉおおおお……！」

必死に黒剣を振るったが、もはや気合でどうにかなる物量じゃない。

「〜〜ッ」

まるで豪雨のような砂鯨《すなくじら》の大群が、俺の全身を呑《の》み込んだ。

鯨の頭部に生えた鋭い角は、濃密な闇の衣を貫通し、少なくないダメージを与えてくる。

「……てめぇ。正義だなんだと宣《のたま》っている割には、ネチネチネチネチと陰湿な攻撃をしてきやがるじゃねぇか……」

全身に裂傷を負ったが、戦闘継続になんら問題はない。

ゼオンの闇には、強力な回復能力がある。

この程度の傷ならば、数秒と経《た》たないうちに完治させられる。

「呆《あき》れ果《は》てた丈夫さだな。私の弾鯨《たまくじら》は、分厚い鉄板に風穴を開けるんだぞ？」

奴《やつ》は小さくため息をつきながら、静かに首を横へ振った。

「仕方がない。それでは、もう一歩踏み込もうか。――大砂爆《だいさばく》」

フォンが左手の盾へ身を隠した直後、俺の体に付着した砂が眩《まばゆ》い光を放つ。

「おいおい、マジか……!?」

次の瞬間――途轍もない大爆発が巻き起こる。

視界が真っ白に染まり、けたたましい轟音《ごうおん》が鼓膜を打ち、強烈な衝撃波が体を襲った。

（くそが……。なんて威力をしていやがる……ッ）

ゼロ距離からの大爆発。

さすがに相当なダメージを負ってしまう。

俺はひとまず舞い上がった砂煙に身を隠しながら、傷の回復に専念した。

すると――。

「これは持論なのだが……。戦闘とはチェスのようなものだ。敵の指した手に対し、的確な返しを入れていく。そうして正着の一手を積み重ねることによって、積みの盤面《チェックメイト》を作り出す。これは正義にも通ずるところがあるな。日々コツコツと小さな正義を為すことによって、それがいつの日か大きな正義へ繋《つな》がるのだ」

フォンは淡々とした口調で、わけのわからないことを語った。

どうやらこいつもディールみたく、頭のおかしいところがあるらしい。

「ふぅ、今のは効いたぜぇ……」

大爆発のダメージから完全回復を遂げた俺は、再び奴の前に姿を晒《さら》す。

「なるほど……。どうやらさらに、出力を上げる必要がありそうだ」

フォンは眉根を吊《つ》り上げ、鋭く目を尖《とが》らせた。

その瞳は真《ま》っ直《す》ぐこちらだけを見つめており、油断の色はどこにもない。

(浄罪《じょうざい》の砂鯨《すなくじら》は確かに厄介な能力だが、それ以上に奴の『戦い方』が面倒くせぇ……)

防御から足止めへ、足止めから反撃へ、反撃から大技へ。

フォンの行動一つ一つは、全て『次の一手』に繋がっていた。

「くっ、こいつは久々に壊し甲斐《がい》のある玩具《おもちゃ》を見つけたぜぇ……！　──闇の影《ダーク・シャドウ》！」

俺は二十本の鋭利な闇を展開し、攻撃態勢を整えた。

これだけの数があれば、鯨餅《くじらもち》を捌くには十分だろう。

「ほう、遠隔操作ができる闇の斬撃か……。ドドリエルの暗黒の影《ダーク・シャドウ》とよく似ているな」

「あのゴミ野郎を知ってんのか？」

「前に少しだけ、一緒に仕事をした時期があってな。アレは本当に気持ちの悪い男だった。しかし、ドドリエルの次がディールとは……。我ながら、『パートナー運』に恵まれないものだ」

フォンは深刻な表情で、大きなため息をつく。

「──さて、つまらん世間話はここまでにして、早いところ終わらせよう。まだ、『次の仕事』が控えているんでな」

奴は数多《あまた》の砂鯨《すなくじら》を解き放ち、

「はっはぁ、『次』があればいいなぁ！」

闇の影《ダーク・シャドウ》を展開した俺は、その鋭利な闇で鯨の群れを引き裂き、ひたすら前へ前へと突き進む。

「そぉら八の太刀――八咫烏《やたがらす》！」

八つに分かれた黒の斬撃は、目の前の肉を八つ裂きにすべく牙を剝《む》く。

「――『餅』と『弾』を捌いた程度で、いい気になってくれるな」

「な……っ⁉」

音速を超えた俺の斬撃は、小太刀と盾によって防がれた。

そして――八咫烏《やたがらす》を放った直後に生まれるわずかな隙、刹那にも満たないその空白をフォンは正確に射貫《いぬ》く。

「正心流《せいしん》――正連の斬《せいれんざん》」

情け容赦のない連撃が、防ぎにくく避けづらい部位へ殺到した。

「ぐ……っ」

目にも留まらぬ斬撃の嵐が、ジワリジワリと俺の体を削っていく。

奴の剣術は、とにかく『緻密』の一言。

奇を衒《てら》ったところや飾り気などは微塵《みじん》も存在せず、ただただ実利のみを追い求めた『基本の剣』。

言うならば、教本に載っている『聖騎士の剣術』を極めたようなものだ。

（さすがにこれは、体勢が悪ぃな……ッ）

大きく後ろへ跳び下がり、闇での回復を優先させる。

「どうした、接近戦に自信があったんじゃないのか？　噂《うわさ》に聞くロードル家の闇とは、この程度のものなのか？」

「くっ、安心しろぃ……まだまだこっからだァ！」

俺は内に秘めた霊力を解放し、再びフォンとの距離を詰めた。

その後、勝負は激化の一途をたどる。

「ハァアアアアアアア……ッ！」

「――甘い！」

戦況はわずかに……いや、完全にこちらが押されていた。

フォン＝マスタングという男は、想像を絶する強さを誇っていたのだ。

驚くべきは、その防御力。

あらゆる状況に対応可能な真装《しんそう》〈浄罪《じょうざい》の砂鯨《すなくじら》〉、小太刀と盾による隙のない剣術。

この組み合わせは、まさに鉄壁と呼べる代物だ。

黒剣・闇の斬撃・体術、こちらの攻撃は奴に全く通用せず、一合《いちごう》二合三合と剣をぶつけるたび、俺の体には生々しい傷が増えていく。

しかしそれでも——愉《たの》しかった。

「ぎゃっはははは……！　すげぇ、こいつはすげぇぜ！　こんなに強《つえ》ェやつとやるのは初めてだ！」

奴との剣戟《けんげき》には、心躍るものがあった。

「正心流——正突《せいとつ》の斬！」

フォンの突きが左肩を貫き、焼けるような痛みが走る。

だが、

「いいねぇ、いいねぇ！　鋭い突きだァ！」

俺は肩を貫かれたまま大きく一歩踏み込み、天高く振り上げた黒剣を力いっぱい振り下ろした。

「この……近寄るな！」

しかしその一撃は、奴の盾によって防がれてしまい……。

その直後、強烈な蹴りが脇腹へ突き刺さり、俺は大きく後ろへ吹き飛ばされる。

「ははっ、さすがは天下の七聖剣様だ。剣術・真装に続いて、身体能力まで申し分がねぇ
……！」

押されているのも、斬られているのも、蹴り飛ばされているのも——間違いなく俺の方

だ。

（だが、なんでだろうなぁ……。これっぽっちも負ける気がしねェ！）

（……おかしい。今主導権を握っているのは、確実にこちらのはずだ……。それなのに何故《なぜ》だ、何故私は……アレン＝ロードルという剣士にこれほどの恐怖を感じているのだ……!?）

フォンの表情からは、徐々に余裕の色が消えていった。

「……私が桜の国チェリンへ飛び立つ直前、バレル＝ローネリアが珍しく忠告を発した。『アレと遭遇した際は、最大限の注意を払え』、とな」

「あぁ？　突然、何を言ってんだ？」

「だから私は、戦闘が始まってからずっと、貴様のことを警戒していた……つもりだった。しかし、実際は違った。所詮まだ子ども・未熟な魂装使いに過ぎない・世界の広さを知らぬ井《い》の中の蛙《かわず》だ――そんな愚かな侮《あなど》りが、心の何処《どこ》かにあったらしい」

奴はまるで懺悔《ざんげ》するかのように語り、

「アレン＝ロードル、私はもう貴様を格下として見ない。世界の頂点で凌《しの》ぎを削る一流の剣士として――全身全霊をもって叩《たた》き潰そう」

小太刀の切っ先をこちらへ突き付けてきた。

「はっ、そんなつまんねぇ御託はどうだっていいんだよ。さっさと続きを始めんぞ！」

「あぁ、始めよう。そして──終わらせよう」

フォンは右手の小太刀を逆手に持ち替え、それを力強く地面へ突き立てる。

「浄罪《じょうざい》の砂鯨《すなくじら》・第二形態──千変万砂《せんぺんばんさ》」

直後、宙を泳ぐ数多の砂鯨《すなくじら》が一斉に『白銀の砂』を噴き出し、それはみるみるうちに『白銀の砂剣《さけん》』へと形を変えていく。

「ほぉ、これまた壮観な光景じゃねぇか……」

俺の周囲を半球状に取り囲んだ白銀の砂剣、その総数はおよそ三千本。

「第一形態・鯨雲《くじらぐも》は、相手の力量と出方を窺う『見《けん》の型』。そしてこの第二形態・千変万《せんぺんばん》砂《さ》は、敵を滅する『殲《せん》の型』だ」

フォンは天高く右手を掲げ──勢いよく振り下ろす。

「序曲・白銀の舞」

それと同時、俺の死角で浮かぶ一本の剣が、凄《すさ》まじい速度で放たれた。

「甘ぇよ！」

風切り音から正確に位置を割り出し、すぐさま黒剣をもって迎撃。

白銀の砂剣と闇の黒剣、両者がぶつかり合った瞬間、

「──獄炎砂《ごくえんさ》」

白銀の砂剣は爆散し、灼熱《しゃくねつ》の流砂と化した。

超高速で飛来する砂粒、その全てを回避することは難しく、

「ぐ、がぁあああ……⁉」

俺は獄炎砂をもろに浴びてしまう。

それはまさに『煉獄《れんごく》の炎』。皮膚を溶かし、骨を焦がす高熱が、時雨《しぐれ》のように吹き付ける。

「くそ、が……っ」

俺は分厚い闇を纏《まと》い、焼けただれた皮膚を回復させていく。

「そうはさせん」

フォンが右手を薙《な》いだ直後、背後から風を切る鋭い音が響いた。

それも今度は同時に二本。

「う、ぜぇ……！」

俺は振り向きざまに横薙ぎの斬撃を放ち、迫りくる白銀の砂剣を迎え撃つ。

その結果、

「──氷晶砂《ひょうしょうさ》、雷轟砂《らいごうさ》！」

先ほどと同様の現象が起こり、極寒の氷と紫電の雷が全身を襲った。

「〜〜ッ」

フォンの操る砂は、まさに千変万化。

至近距離で捌《さば》くのは、あまりにも危険過ぎる。

「そういうことなら……接近してくる前に全部撃ち落としてやらぁ！　――闇の影《ダーク・シャドウ》！」

二十本の鋭利な闇を伸ばし、周囲に浮かぶ白銀の砂剣へ狙いを定めた。

すると次の瞬間、

「封曲《ほうきょく》・金色の舞」

「これ、は……!?」

足元から巨大な砂鯨《すなくじら》が飛び出し、俺の全身を丸呑《まるの》みにした。

鯨の内部は暗く狭く硬く、それでいてねっとりとした粘液に覆われている。

（とにかく、さっさとここから出ねぇとヤバい……ッ）

黒剣を握る手に力を込め、全てを断ち斬る斬撃を構える。

「五の太刀――」

「――終曲《しゅうきょく》・鯨の舞」

「ッ!?」

断界《だんかい》の発生よりも早く、多種多様な属性の付与された幾千の砂剣が、鯨の外皮を貫通してきた。

「が、は……っ」

斬られ、刺され、抉《えぐ》られ、打たれ、焼かれ、溶かされ、凍らされ、ありとあらゆる責め苦を受けた俺は――感動に打ち震えていた。

（これが七聖剣、これが聖騎士の誇る人類最強の剣士……！）

計算され尽くした技の組み合わせ。

優れた膂力《りょりょく》から繰り出される精緻《せいち》で緻密な剣術。

魂装を極めてなお、その先へ手を伸ばさんとする飽くなき向上心。

研鑽《けんさん》に次ぐ研鑽を経た果てにたどり着く、人間の限界を越えた力。

（ははっ、こいつはすげぇや……）

全身を滅多刺しにされた俺は、鯨の内部からゆっくりとずり落ちていく。

重要な臓器がいくつも損傷し、もはや手足の感覚はない。

だが、体の奥底から湧き上がる闇は、決して刃を折ることを許さなかった。

「……く、くくく……ぎゃっははははッ！　すげぇ技だなぁ、フォン＝マスタングゥ！

一瞬、死んじまうかと思ったぜぇ⁉」

　ボロ雑巾となった俺の体は、刹那のうちに完全回復を果たし、無尽蔵の霊力が全身を駆け巡る。戦闘にのめり込めばのめり込むほど、力を求めれば求めるほど、無限にも思える闇が溢《あふ》れ出してきた。

「……そこは人として死んでおけ（この回復速度は、あの〈九首の毒龍《ヒドラ》〉を遥《はる》かに超えている。いや、それどころではない。もはや幻霊の『再生』にさえ匹敵するぞ……っ）」

　絶えず滲《し》み出す汚泥《おでい》のような闇は、この身を守る『鎧《よろい》』と化し、左手には『二本目の黒剣』が生み出される。

「さぁさぁ、続きと行こうぜ！　もっと、もっともっともっと殺《や》り合おうじゃねぇかぁ！」

「……もはやこれは、人の形をした『幻霊』そのものだな」

　互いの視線がぶつかり合った直後──二本の黒剣を手にした俺は、フォンとの距離をつめるべく駆け出す。

　それに対して奴《やつ》は、

「──鯨餅《くじらもち》、盾鯨《たてくじら》、沼鯨《ぬまくじら》、棘鯨《とげくじら》、泡鯨《あわくじら》！」

　様々な属性の付与された、砂鯨《すなくじら》の大群を押し放った。

「おいおいどうしたどうした、もしかして霊力切れかァ!?　さっきよりも勢いが落ちてんぞ！」

俺は二本の黒剣をもって、迫り来る砂の塊を豆腐のように斬り裂いていく。

「くっ、ほざけ！（私の勢いが落ちているのではない、貴様が跳ね上がっているのだ……ッ）」

フォンは苦虫を噛《か》み潰したような表情を浮かべ、右手の小太刀をもって自身の左手を斬った。

「秘曲《ひきょく》──血砂《けっさ》の舞！」

次の瞬間、鮮血を浴びた砂鯨《すなくじら》が凄まじい勢いで発射される。

しかし、本能的にわかった。

これはもはや防ぐ価値すらない攻撃だ、と。

「こんなもん、足止めにもなんねぇよ！」

勢いよく左手を振るえば、血濡《ちぬ》れの砂鯨《すなくじら》たちは一瞬にして流砂と化す。

「ま、まだだ……！　獄炎砂《ごくえんさ》、雷轟砂《らいごうさ》、氷晶砂《ひょうしょうさ》！」

「だから、効かねぇって言ってんだろうが！」

熱も雷も氷も、今やなんの痛痒《つうよう》も感じない。

「これはまさか……『耐性の獲得』!?　そうか、わかったぞ、貴様の正体は──」

「――なぁにをブツブツ言ってんだ」

俺は左下から斬り上げを放ち、砂の盾を撥《は》ね上げた。

「しまっ……!?」

体勢を崩されたフォンは、すぐさま回避行動へ移行したが……もう遅い。

「――片腕、いただくぜぇ？」

黒の斬撃が弧を描き、泣き別れた左腕が宙を舞う。

「～～ッ」

奴は苦痛に顔を歪《ゆが》めながら、なんとか後ろへ跳び下がった。

（真装〈浄罪《じょうざい》の砂鯨《すなくじら》〉に回復能力はない）

詰めるなら、今がベストだ。

「四の太刀――黒槍《こくそう》！」

大きく一歩踏み込み、破壊力を一点に集中させた闇の突きを放つ。

「化物が、砂の力を舐《な》めるな。究極絶対防御――円環《えんかん》の白鯨《しろくじら》！」

フォンが右腕を伸ばせば、巨大な鯨の盾が展開された。

最強の槍《やり》と最硬の盾。

両者の激突は大気を揺らし、凄まじい轟音《ごうおん》を響かせる。

「ハァアアアアアア……ッ！」

「うぉおおおおお……ッ！」

その結果――俺の黒剣は、脆《もろ》くも砕け散った。

「……硬ぇじゃねぇか」

鯨の盾はこの世のものとは思えないほど硬く、黒槍をもってしても貫くことができなかった。

「はぁはぁ……当然だ。『防御力』という一点において、私は七聖剣の頂点に立つのだからな」

「はっ、そうかよ。それならちょいとばかし、出力をあげさせてもらおうか」

「なに……？」

俺がさらなる力を望めば、

「く、くくく……来た来た来たぁあああ！」

胸の奥底から、どす黒い力が湧き上がってきた。

「もはやここまでとは……（この出力、もはや幻霊以上……っ。バレルは、これを知っていたのか⁉　いや、そんなことはもうどうだっていい。とにかく『アレン＝ロードルの正体』、この情報だけはなんとしても持ち帰らなければ……ッ）」

俺は左手の黒剣をゆっくりと正面に伸ばした。

そして――無限に溢れ出す闇を刀身に凝縮、それを一気に拡散させ、『広域殲滅《せんめつ》型の斬撃』を解き放つ。

「十の太刀――碧羅天闇《へきらてんあん》！」

「こ、の……化物が……ッ」

瞬間、とてつもない『破壊』が吹き荒れる。

漆黒の閃光《せんこう》は縦横無尽にほとばしり、ありとあらゆるものを黒く塗り潰していく。

空間は捻じ曲がり、大気は唸《うな》りをあげ、大地には巨大な亀裂が走る。

それはまさに『天災』の如《ごと》き一撃だ。

「――円環《えんかん》の白鯨《しろくじら》！」

フォンは同時に三枚の巨大な盾を展開し、最後の足掻《あが》きを見せた。

「ははっ、おもしれぇ。まさかまだそれだけの余力を残していたとはなぁ！」

「頼む、持ってくれ……。私はまだ、こんなところで死ぬわけにはいかないんだ……っ」

奴は膨大な霊力を注ぎ込み、円環の白鯨を必死に強化し続ける。

だが――『無限の闇』と『有限の霊力』、その差はあまりにも歴然。

「おぃおぃ、ご自慢の防御力はどうした？　まさか、もうへばったわけじゃねぇよな純白の盾はどす黒く染まっていき、一枚また一枚と崩壊――残すところ最後の一枚となった。

「く、そ……ッ」

（……あぁ、これでようやく終わりだ）

この一撃が刺されれば、フォンとディールはこの世から消える。

それは文字通り、完全で完璧な『消滅』。

奴等《やつら》の肉体は、ほんのわずかな肉片さえ残らないだろう。

そうして復讐《ふくしゅう》を果たした俺は、無茶な力を行使した代償に命を落とす。

これで本当に……本当に全てが終わるんだ。

「ぎゃはははは……！　ディールもろとも消し飛びやがれぇえええええ！」

俺はありったけの闇を黒剣に載せ、最高火力の一撃を解き放つ。

「ここまで……か……っ」

最後の盾に大きな亀裂が入ったそのとき、

「……あぁ？」

突如、魂の奥底から神聖な闇が溢れ出し――それは何故《なぜ》か、俺の体を強引に締めあげていった。

「なん、だよ……これは……!?」

巨大な岩が『道』を塞ぐかのようにして、『絶大な力』との接続が閉ざされていく。

黒剣と邪悪な鎧は光の粒子となって霧散し――無限にも思えた闇が消えてしまった。

「いったい、何が……？」

呆然《ぼうぜん》とする俺に対して、

「はぁはぁ、助かった……。『ロードル家の封印』が、ようやく起動したか……」

何やら訳知り顔のフォンは、ゆっくりと息を整えていく。

「見事だったぞ、アレン＝ロードル。まさか元皇帝直属の四騎士と現職の七聖剣をたった一人で圧倒するとはな……。悔しいが、単純な実力勝負ならば貴様の勝ちだ。――胸を張って、あの世へ行くがいい」

既に勝利を確信した奴は、残った右腕に砂剣を生み出し、それを天高く掲げた。

「く、そ……っ」

俺は体の各所へ命令を送り、なんとかその一撃を回避しようとする。

しかし、両の脚は泥のように重く、まともに言うことを聞いてくれない。

「――さらばだ」

冷ややかな声と鋭い風切り音が響いたその瞬間、

「桜華《おうか》一刀流――桜閃《おうせん》！」

まるで閃光のような突きが、俺の背後から飛び出した。

「ッ!?　――盾鯨《たてくじら》！」

フォンは咄嗟《とっさ》の判断で小さな盾を展開、突然の斬撃を紙一重で防御する。

「バッカス……っ。この死《し》に損《ぞこ》ないめ、まだ動けたのか!?」

「はぁはぁ……っ。若造が、舐めるでないわ……！」

彼は素早い足捌《あしさば》きで反転し、強烈な横蹴りを放つ。

「がふっ!?」

それは正確にフォンの脇腹を捉え、奴は遥か後方へ吹き飛ばされた。

「ふぅーふぅー……ぅ!?　がふ、げほがは……ッ」

バッカスさんは大きな血の塊を吐き出し、その場に片膝を突く。

瞳孔の開きかかったその目に光はなく、土色の顔には死相が浮かんでいた。

とてもじゃないが、まともに剣を振れる状態ではない。

「ば、バッカスさん……っ」

「……小僧、よくぞ時間を稼いでくれた。おかげなんとか間に合ったわい……っ」

「……間に合っ……た？」

一瞬、何を言っているのか理解できなかった。

「ばら、ららら……！　何を呆《ほう》けた顔をしておる。儂《わし》の二つ名、まさか忘れたとは言わせんぞ？」

バッカス＝バレンシア、かつて世界最強の剣士とまで呼ばれた男。

その二つ名は――『不死身のバッカス』。

もし彼の誇る『無敵の魂装』とやらが、その二つ名を象徴するような能力だったならば――。

もしもそれが、他人に付与できる性質のものだとするならば――。

（も、もしかして……っ）

とある可能性に行き着いた俺の心に、絶望に侵された心に、じんわりと温かいものが流れ出す。

「儂の魂装〈億年桜《おくねんざくら》〉――有する能力は『完全再生』。まぁ百聞は一見に如《し》かず、というやつじゃな」

バッカスさんは生気のない笑みを浮かべ、後ろにクイと顎を向けた。

彼の視線の先にあったのは、仰向けに倒れたリア。

鮮血に染まった姿はあまりに痛々しく、思わず目を背けたくなってしまう。

しかし、心を強く持って目を凝らせば——『大きな異変』を目にすることができた。

彼女の足首には『木の根』のようなものがクルクルと巻き付いており、そしてなんとお腹《なか》のあたりがゆっくりと上下しているのだ。

「り、あ……？」

俺は重たい体を引きずり、ゆっくりと足を進めた。

彼女のきめ細かい肌には張りと血色が戻っており、耳を澄ませばスーッスーッという小さな呼吸音が聞こえてくる。

「は、はは……。これは……夢か？」

恐る恐るリアの胸に手を置けば、ドクンドクンという規則的で力強い鼓動を感じられた。

「まさか、本当に……こんなことが……ッ」

望外の奇跡に打ち震えていると——彼女の瞼《まぶた》がわずかに揺れ、美しい紺碧《こんぺき》の瞳が露《あら》わになる。

「ん、んん……。アレ、ン……？」

「……リアッ！」

「え、わ、きゃ……っ!?」

俺は衝動的に彼女の体をギュッと抱き寄せた。

「……よかった。本当に……よかった……ッ」

様々な感情が止めどなく溢れ、大粒の涙がボロボロとこぼれ落ちる。

「ちょ、ちょっとアレン⁉　周りの視線もあるから、こういうのは二人っきりのときに……って、あれ……？　私、どうして生きているの……？」

リアは顔を真っ赤にした後、不思議そうに小首を傾《かし》げた。

おそらく、目が覚めたばかりで状況を把握できていないのだろう。

「あぁ、それはだな——」

俺が簡単に事情を説明しようとしたそのとき、

「うっ、私は……？　ハッ……敵はどこだ⁉」

「確か、未知の毒にやられて……。そうよ、ディールとフォンは⁉」

ローズと会長が素早く立ち上がり、

「……あり？　なんだったんだ、今のは……？　もしかして、夢か？」

「億年桜に叩《たた》き起こされたような……？　うぅ、なんか頭がグワングワンするんですけど……」

それに続いて、リリム先輩とティリス先輩もゆっくりと上体を起こす。

「ローズ、会長、リリム先輩、ティリス先輩……！」

彼女たちの体に浮かんだ紫色の紋様は、綺麗《きれい》さっぱり消えており、その足首にはやはり木の根のようなものが巻き付いていた。

「ばららら、ら……げほがふ……っ。ようやく、目を覚ましたか。元気そうで何よりじゃわい」

バッカスさんは苦しそうに咳《せ》き込みながらも、ホッと安堵《あんど》の息をつく。

その声に強い反応を示したのは、彼の能力を正確に把握しているであろうローズだ。

「この『根』……。もしかしてお爺様《じいさま》、〈億年桜《おくねんざくら》〉を使ったのですか⁉」

いち早く状況を理解した彼女は、顔を真っ青に染める。

「そんな顔をしてくれるな。儂は不死身のバッカスじゃぞ？　この程度、どうということないわ」

「それはもう何十年も昔の話です！　病に侵されたその体で、私たち五人に『完全再生』を使ったら……そんなの、もぅ……っ」

ローズは小刻みに震えながら、ギュッと拳を握った。

「そうは言ってものぅ……。大事な孫娘とその友達を見殺しにはできんじゃろうて」

バッカスさんは口の端から赤黒い血を流しながら、ポリポリと頰を掻《か》く。

「……すみません、バッカスさん。本当に……本当にありがとうございます……っ」

俺は頭を下げ、心からの感謝を示す。

「当然のことをしたまでじゃ、礼には及ばん。そんなことよりも、早く逃げる準備をせい。あの砂使いは、まだ生きてお――」

彼がそう指示を出した次の瞬間、

「浄罪《じょうざい》の砂鯨《すなくじら》・第三形態――罪呑《つみの》みの黒鯨《くろくじら》！」

「起きろ――〈九首の毒龍《ヒドラ》〉！」

巨大な砂鯨《すなくじら》と邪悪な毒龍が、遥《はる》か前方より立ち昇った。

「「「「なっ⁉」」」」

「……毒使いも復帰したか。まったく、しつこい奴等じゃのぅ」

俺たちは息を呑《の》み、バッカスさんは重たいため息をこぼす。

「――アレン＝ロードル。たとえこの命に代えても、貴様だけは絶対に殺す。『ロードル家の闇』が覚醒する前に、『ロードル家の封印』が解ける前に、なんとしても殺さなくてはならんのだ……！」

「旦那ぁ、いったいどこへ行くんですかぃ？　あっしを置いていくなんて……悲しいじゃないですかぁ……！」

隻腕《せきわん》のフォン＝マスタングと血濡《ちぬ》れのディール＝ラインスタッド。

途轍《とてつ》もない殺気を放つ二人の真装使いが、ゆっくりとこちらへ歩みを進める。

「嘘《うそ》、こんなのって……っ」

「……無理だ。私たちとは『ステージ』が違う……ッ」

リアとローズは呆然と立ち竦《すく》み、

「これが真装使いの本気なのね……」

「は、はは……っ。さすがのリリム様でも、ちょっと勝てねぇな……」

「どう考えても、終わりなんですけど……」

会長もリリム先輩もティリス先輩も、今回ばかりは死を覚悟していた。

（くそ……どうする⁉）

はっきり言って、状況は最悪だ。

億年桜の力を使ったバッカスさんは、完全に満身創痍《まんしんそうい》。

そして俺は——どういうわけか、さっきから全く闇が使えない。

（どうしたんだ、ゼオン⁉　いったい何があった⁉）

あの無限の闇さえ使えれば、フォンとディールを同時に相手取ったとしても負けはしないはずだ。

しかし――どれだけ呼び掛けても、あいつが返事をすることはなかった。

おそらくフォンが口にした言葉、『ロードル家の封印』とやらが影響しているのだろう。

（……駄目だ……駄目だ駄目だ駄目だ！　諦めちゃ駄目だ！　頭を回せ、死ぬ気で考えろ。何か、何か方法があるはずだ……。この場を切り抜ける策が、きっと何かあるはずだ……ッ）

俺が必死に考えを巡らせていると、

「……二百余り五十年、か。我ながら長く生きたもんじゃ」

バッカスさんは何かを諦めたかのようにポツリと呟《つぶや》き、

「――小僧、ローズたちを連れて逃げろ。この馬鹿たれどもの相手は、儂が受け持つとしよう」

たった一人で、フォンとディールの前に立ち塞がった。

「ば、バッカスさん……？」

一瞬、自分の耳を疑った。

こんなに弱り切った状態で、二人の真装使いを相手取るなんて自殺行為としか思えない。

「そんなの無茶です！」

「お爺様……っ」

リアはすぐさま反対し、ローズは悲痛な面持ちで小さく首を横へ振った。

それに続けて、

「……何か、策はあるんですか?」

「バッカスのおっさん、もしかして死ぬ気じゃねぇだろうな⁉」

「一人で戦うメリット、ないと思うんですけど……?」

会長は真剣な表情で質問を投げ、リリム先輩は語気を荒げ、ティリス先輩は眉尻を下げる。

そんな俺たちの問い掛けに対し――バッカスさんは明確な回答を返さず、ただいつものように笑って見せた。

「ばららら! さぁほれ、早くあの空飛ぶ奇妙なカラクリに乗ってここから離脱せい。なぁに心配はいらんぞ? 『世界最強の剣士』の名に懸けて、全員無事にここから逃がしてやるからのぅ!」

彼はそう言って、遥か後方の飛空機《ひくうき》を指差した。

「「「「……っ」」」」

決死の覚悟を見せられた俺たちは、思わず言葉を失ってしまう。

そうして誰も彼もが押し黙る中、ローズだけがゆっくりと動き出した。

「……お爺様」

「ん、どうしたんじゃ？」

「今まで……本当に……ありがとう、ございました……っ」

彼女は声を震わせながら、深く深く頭を下げる。

「うむ、達者でな」

バッカスさんは、そんなローズの頭を愛《いと》おしそうに優しく撫《な》ぜた。

「はい……。さようなら……っ」

大粒の涙が零《こぼ》れ落ち、別れの言葉が紡《つむ》がれる。

「――みんな、行こう」

ローズは短くそう呟き、飛空機《ひくうき》のもとへ駆け出した。

「……バッカスさん、いつかまた剣術を教えてください」

俺は強引に『次の約束』を取り付け、

「今度は……今度、は……一緒にお酒を呑みましょう、ね……っ」

リアは必死に涙をこらえながら『次回の酒盛り』について話し、

「この御恩は一生忘れません」

会長は丁寧に腰を折り、

「おっさん……、ぐす……っ。いつかどこかでまた会おうぜ……ッ！　約束だかんな！」

リリム先輩は鼻水をすすりながら叫び、

「ありがとうなんですけど……っ」

ティリス先輩は下唇を噛《か》みながら、感謝の言葉を告げた。

俺たちはみんな、それぞれの言葉でバッカスさんとの別れを済ませ――飛空機のもとへ走り出す。

「……ばらら、ローズは本当にいい友達を持ったのぅ……。これならば、心置きなく逝《い》けるわい」

心の底から嬉《うれ》しそうに笑った彼は、血の気のない筋肉を無理やりに膨張させ、絶望的な戦いに身を投じるのだった。

■

アレンたちが飛空機のもとへ駆け出したその瞬間、

「誰が『逃げてもよい』と言った？　――押し潰せ、黒鯨《くろくじら》！」

「旦那ぁ、あっしのことを無視せんでくださいよぉ！　――毒龍の死舞《ヴェノム・ワルツ》！」

巨大な砂鯨《すなくじら》が天高くから落下し、九体の毒龍が牙を剝《む》く。

「くっ――白龍の鱗《ホワイト・スケイル》！」

「なんとかこれで──水精の鏡《アクア・ミラー》！」

リアとシィはすぐさま魂装を展開、それぞれの広域防御術を発動する。

真っ正面から受けるのではなく、いなすような角度で生み出された二つの盾だが……彼我の実力差は歴然。

「ブォオオオオオオ……！」

「ジュァアアアアアア……！」

砂鯨《すなくじら》の巨体は白炎を押し消し、毒龍の牙は水鏡を噛み砕《くだ》いていく。

「こんなの……出力が違い過ぎるわ……っ」

「駄目、もたない……ッ」

二つの盾は儚《はかな》くも砕け散り──それと同時、バッカスが力強く右足を踏み鳴らした。

「──千樹観音《せんじゅかんのん》ッ！」

七本の巨大な根が地面から立ち昇り、押し迫る砂鯨と毒龍をいとも容易《たやす》く叩《たた》き潰す。

「幻霊〈億年桜《おくねんざくら》〉……っ」

「その死《し》に体《たい》で、まだこれだけの力を誇るとは……。さすがはバレル陛下のお墨付きですねぇ」

フォンとディールは、憎々しげにそう呟く。

「ばららら、なんとも軽い攻撃じゃのぅ……！」

バッカスはそんな挑発を口にしながら、必死に余裕の笑みを作ってみせた。

これは二人の意識を自分に引き付け、アレンたちが逃げる時間を確保するための行動。

実際のところ、彼はもう限界ギリギリ——否、限界など疾《と》うの昔に越えていた。

(はぁはぁ……っ。まったく、情けない限りじゃのぅ……)

千樹観音《せんじゅかんのん》は本来、『千』の根をもって敵を串刺しにする技なのだが……。

瀕死《ひんし》のバッカスでは、『七』の根を操ることしかできなかった。

「これ以上、横槍《よこやり》を入れられても面倒だ。まずは貴様から始末するとしよう」

「あんまり時間もねぇですし、一瞬で終わらせやすよぉ……！」

フォンとディールは大地を蹴り付け、一足で間合いをゼロにする。

それに対してバッカスは、長年連れ添った愛剣を大上段に構えて迎撃。

しかし、

「桜華《おうか》一刀、流……ッ!?　ごふ、がは……っ」

千樹観音《せんじゅかんのん》を使った反動が、一気に襲い掛かってきた。

膝を突いて大きくむせ返る彼のもとへ、二振りの凶刃《きょうじん》が迫る。

「ふっ、無駄に寿命を縮めただけだったな。正心流《せいしん》——正突《せいとつ》の斬！」

「心臓、いただきでさぁ！　――毒龍の咬撃《ヴェノム・ヴァイト》！」

フォンとディールの鋭い突きが、バッカスの心臓を正確に刺し穿《うが》つ。

「が、はぁ……っ」

「「バッカスさん……っ！」」

アレンとリアは同時に叫び、

「……ッ」

「う、嘘だろ……バッカスのおっさん……っ」

「そん、な……」

シィ・リリム・ティリスの三人は顔を真っ青に染め、思わず足を止めてしまう。

しかし、それも無理のない話だ。

いくら優れた剣士とはいえ、アレンたちはまだ十代の学生。目の前で知人が惨殺《ざんさつ》されるという過酷な現実、これを受け止めるには、些《いささ》か以上に若過ぎた。

（くそ、くそ、くそ……ッ）

アレンの心に仄暗《ほのぐら》い憎しみが灯《とも》り掛けたそのとき、

「――いいから走れ！　お爺様《じいさま》の稼いでくれたこの貴重な時間を、決して無駄にするなッ！」

ローズの鋭い号令が響く。

彼女は血が滲《にじ》むほどに拳を握り締めながら、唯一の脱出手段である飛空機のもとへ走った。

「「「……っ」」」

その強い覚悟を見せつけられたアレンたちは、奥歯を食いしばって走り出す。

そんな彼らのもとへ、フォンとディールの魔の手が迫った。

「――逃さん！」

「旦那ぁ……！」

砂剣《さけん》と毒剣《どくけん》。

とてつもない霊力の込められた二振りは――。

「貴様、何故《なぜ》……⁉」

「いやいや、さすがにそれはあり得んでしょう⁉」

アレンたちと正反対の方向へ、振るわざるを得なかった。

「桜華一刀流――夜桜《よざくら》ァ！」

胸に風穴を開けた白髪の巨漢が、鬼の形相で剛剣《ごうけん》を振るう。

「ぐ……っ⁉」

「これは重い、ですねぇ……ッ」

なんとか防御したフォンとディールは、大きく後ろへ跳び下がり、なんとかその衝撃を殺しきる。

「バッカスさん……！」

アレンの歓喜の声に対し、バッカスは「先を急げ」とばかりに顎《あご》で返事をした。

「はぁはぁ……っ。ば、ばららら……！　たかだか心臓を潰した程度で、この儂《わし》が死ぬとでも思うたか！」

確かに心臓を貫かれたはずの彼は、憔悴《しょうすい》しきった表情を浮かべながら、それでも『一騎当千』の剣気を放つ。

「……なるほど。その異常な回復力こそが、幻霊億年桜の真髄というわけか……」

「いやぁまさか、心臓を潰しても死なないとは……。『不死身のバッカス』、その二つ名に偽りなしですねぇ」

フォンとディールは強い警戒を露《あら》わにしながら、ゆっくりと剣を構えた。

魂装〈億年桜〉の能力――『完全再生』。

これは億年桜の持つ莫大《ばくだい》な生命エネルギーを対象に付与し、その者の傷を完全に再生するものだ。

バッカスはこの力を使って、リアの心臓を再生し、ローズたちの体を蝕《むしば》む猛毒を消し去り、つい今しがた自身の負傷を全快させた。

不治の病に侵された彼が、常人と変わらぬ生活を送れているのも偏《ひとえ》にこの力のおかげである。

ただ一つ、途轍《とてつ》もない霊力を消費するという欠点こそあるものの……。

完璧に破壊された心臓さえコンマ数秒で元通りにするその力は、もはや『回復』を超え『再生』の領域へ踏み込んでおり、かつては『無敵の魂装』として恐れられた。

バッカスが〈億年桜〉を解き放った今――その霊力が完全に尽き果てるまで、彼が戦闘において死ぬことはない。

「ぬぉおおおおおおお……！」

「この化物が……っ。貴様の時代はとっくの昔に終わったのだ……！　いさぎよく死ね！」

「そんなボロボロの体で、よくもまぁそんなに動けやすねぇ……ッ」

バッカスは苛烈な猛攻を仕掛け、フォンとディールは必死にそれを捌《さば》いた。

（まだ、じゃ……っ。小僧らが安全圏へ飛ぶまで、まだ倒れるわけにはいかん……ッ）

バッカスは唇を噛み切り、薄れゆく意識を強引に支配下へ置く。

一対二という悪条件の中、

「桜華一刀流——連桜閃《れんおうせん》ッ！」

「ぐっ、盾鯨《たてくじら》！」

「こ、の……毒龍の死撃《ヴェノム・ストライク》！」

「ばらら……ぬるい、ぬるいわァ！」

老兵は元世界最強の名に恥じぬ、見事な大立ち回りを演じた。

研ぎ澄まされた桜華《おうか》の斬撃を繰り出すたび、億年桜はその美しい花弁を散らしていく。

それはまさしく命の花びら。

一枚また一枚と落ちるたび、『死』は着実に迫っている。

そうして一分・二分・三分と経過した頃、

「ば、ばららら……！　ここまで距離を稼げば、もはや手を出せまい……ッ！」

自身の戦略目標を達成したバッカスは、ニィッと口角を吊《つ》り上げた。

飛空機《ひくうき》に乗り込んだアレンたちは、遥《はる》か遠方の海上を飛んでいる。

あそこはもう〈浄罪《じょうざい》の砂鯨《すなくじら》〉と〈九首の毒龍《ヒドラ》〉の射程外。

彼らの無事は、完全に確保されたと言っていいだろう。

「あぁ、確かにその通りだ。もはや私とディールの能力では、どうすることもできん。しかし――それはまた『逆』も然《しか》りだ」

「……どういう意味じゃ？」

「ふっ。ここまで距離が離れれば、貴様とてもはや、この盤面に干渉できんだろう？」

フォンは不敵な笑みを浮かべ、懐《ふところ》に忍ばせた小型無線機を取り出した。

「――こちら、フォン＝マスタング。第一目標をバッカス＝バレンシアから変更、海上を飛行するアレン＝ロードル一派とする。総員、魂装を完全展開し、最大出力をもって目標を抹殺せよ」

彼がそう命令を下した次の瞬間、

「な、なんじゃ、これは……!?」

分厚い雲の中から、おびただしい数の飛空機が出現し――アレンたちを挟み撃ちにした。

「くそ、バッカスさんが命懸けで作ってくれた退路なのに……ッ」

「こんなの……あんまりよ……っ」

アレンとリアは悔しさのあまり拳を握り、

「……さすがにこれは……終わりね」

「こんな大軍勢、勝てっこねぇよ……っ」

「儚《はかな》い人生だったんですけど……」

シィ・リリム・ティリスは、絞り出すように諦めの言葉を零《こぼ》した。

しかし、それも無理のないことだ。

彼らの両左右には、まるで壁のような飛空機の大軍勢。

そこに乗っているのは、黒の外套《がいとう》に身を包んだ剣士。

その数——およそ一万。

しかも、そこにいる全員が魂装を展開しており、さらには神託の十三騎士らしき剣士が三人も確認できた。

彼我の戦力差は歴然。

アレンたちの脳裏に最悪の展開がよぎる中、

「——何も問題ない。このまま突っ切るぞ」

ローズだけは微塵《みじん》も物怖《ものお》じせず、ただ真《ま》っ直《す》ぐ正面だけを見つめていた。

「ろ、ローズ……さすがにそれは……っ」

「ええ、いくらなんでも自殺行為よ……」

アレンとリアは小さく首を横へ振ったが、ローズの意思は微塵も揺るがない。

「大丈夫だ。お爺様が——世界最強の剣士が、『全員無事で逃がす』と言ったんだ。そこに間違いなどあるものか」

彼女がそう断言した次の瞬間、億年桜がかつてないほどの輝きを放ち始めた。

■

アレンたちが絶望のどん底に沈んでいる頃、

「総勢一万人の援軍。それを率いるのは、三人の神託の十三騎士。――チェックメイトだ」

フォンは朗々とそう語り、不敵な笑みを浮かべていた。

「いつの間にあんな大軍勢を集めたんじゃ……!?」

「勘違いをするな。あれらは全て、バッカス＝バレンシアを確実に仕留めるための伏兵。第一陣は私とディール、第二陣は一万人の魂装使い――この波状攻撃をもって、貴様を削り切るつもりだったのだが……。思わぬところで役に立ったものだ」

「ぬぅ……っ」

組織の強さを見せつけられたバッカスは、思わず喉を唸《うな》らせた。

「とかく、これでアレン＝ロードル一行の死は確定した。後はバッカス、貴様だけだ。前時代の亡霊よ、大人しくここで散るがいい！」

「ご老体に鞭《むち》を打ち、必死に頑張っていやしたが……。くくっ、結果はだぁれも救えずじまい。残念でしたねぇ、バッカスの旦那ぁ？」

勝利を確信したフォンとディールは、それぞれの得物を構えた。

それに対してバッカスは――ゆっくりと天を仰ぎ、大きなため息をつく。

「はぁ……。儂はのぅ……。生まれてこの方、一度も嘘《うそ》をついたことがないんじゃよ……」

「……それがどうかしたか？」

「んー、何を仰《おっしゃ》りたいんですかぃ……？」

突然の告白に、二人は小首を傾《かし》げた。

「いや、じゃから……。この儂が『逃がす』と言うたんなら、黙って道を空けんかい」

バッカスが低い怒声を発したその瞬間、天地を揺るがす莫大な霊力がうねりを上げた。

「これ、は……貴様、まさか……!?」

「い、いやいやいや……。さすがにそれは、やり過ぎじゃないですかぃ!?」

フォンとディールは、思わず目を疑った。

幻霊《げんれい》は、ただの霊核《れいかく》ではない。

強烈な自我と人知を超える力、これらを兼ね備えた正真正銘の化物。

そんな化物から力を引っぺがし、『魂装』として発現するには、尋常ならざる修業と莫大な霊力が必要だ。

ましてや幻霊を解き放ち、『真装』を身に付けようともなれば……それはまさしく修羅の道と言えるだろう。

『幻霊の真装』とはすなわち――天賦の才を持つ一流の剣士が、全盛期の時分に持てる霊力の全てを投じて、ようやくその一端に指を掛けられるか否《いな》かという『超常の力』なのだ。

それは決して、バッカスのような齢《よわい》二百五十を超える剣士が振るえるものではない。

（それなのに何故《なぜ》……っ。何故貴様は、これほどの『圧』を放っているのだ……!?）

フォンはグッと歯を食いしばりながら、バッカス＝バレンシアという男を凝視した。

最盛期を過ぎ、不治の病に侵され、乏しい霊力しか持たない――そんな死に体の剣士が、その力を揮《ふる》う道理はどこにもないはずだ。

（あ、あり得ない……。こんなことは、絶対にあり得ない。否、あってはならない……ッ）

まるで時が止まったかのように、静寂の帳《とばり》が降りる中――。

これまでの堅苦しい常識を嘲笑《あざわら》うかのようにして、古《いにしえ》の老兵は声高に叫ぶ。

「接《つ》げ――命の大樹《セフィロト》！」

バッカスの求めに応じ、億年桜は遥か悠久の時を越えて『満開』に咲き誇った。

強靱《きょうじん》な枝は音を立てて伸び、そこへいくつもの蕾《つぼみ》が生まれ、淡い桜色のはなびらが実を結ぶ。

それはまさに生命の発露。

萌《も》ゆる命の雄叫《おたけ》びが、桜の国チェリン中へ轟《とどろ》く。

「これが……完全解放された幻霊……!?」

「初めて見やしたが、こいつは壮観ですねぇ……」

フォンとディールは、思わずゴクリと唾を呑《の》む。

「ばららら！　どうだ、美しかろう？　これぞ桜華《おうか》一刀流に脈々と受け継がれし、億年桜の『真の姿』じゃ！」

そうして高らかに笑うバッカスは──暴力的なまでの生命力に満ちていた。

金剛の如《ごと》き筋肉・鷹《たか》のように鋭い眼《め》・凄《すさ》まじい覇気、その姿はまさに圧巻の一言。

彼は持てる全ての霊力と引き換えにして、億年桜から莫大《ばくだい》な生命エネルギーを引き出したのだ。

これでもうバッカスの命を支え続けた『完全再生』は使えない。

戦闘が終われば、一刻の猶予もなく死に絶えるだろう。

だがしかし──残り全ての寿命と引き換えにして買ったこの一時、このわずかな時間だけは『全盛期』、かつて世界最強と呼ばれた剣士の再臨だ。

「「……ッ」」

彼の威容を前にしたフォンとディールは、思わず一歩後ろへ下がった。

宝石と見紛《みまが》うばかりの美しい花弁が、世界を桜化粧に染めていく中、

（ふっ、懐《なつ》かしいのぅ……）

バッカスの脳裏をよぎるのは、遥か昔――かつて『旧友』と武者修業の旅をしていたときのことだ。

【――のぅ、バレルよ。その『破壊の子』とやらは、そんなに強いのか？】

【突然どうした？】

【いやなに、お前さんほどの剣士が、ここまで血眼になって捜す子ども……。ちょいとばかし興味が湧いて来たんじゃ】

【……アレは世界の秩序と理《ことわり》を破壊し、『大変革』をもたらす忌子《いみご》だ。『神聖な闇』と『邪悪な鬼』を一身に宿すその在り様は、『世界の負の遺産』とさえ言えるだろう。なんとしても時の仙人より早くそいつを見つけ出し、速やかに抹殺しなければならない。あのおぞましい『一億年ボタン』によって、封印が外される前に、な】

【ほぉ、『大変革』と来たか。それはなんというか……面白そうじゃのぅ！】

【……おい、何か妙なことを考えていないだろうな？】

【――よし。決めたぞ、バレル！　儂《わし》がお前さんより早くその子どもを見つけ出し、この桜華一刀流を仕込んでやろう！】

【バッカス……私の話をちゃんと聞いていたのか？　『破壊の子』は邪悪の化身、存在そのものが罪なんだ。そんなやつをさらに強くしてどうする？　お前はこの世界を滅ぼしたいのか？】

【馬鹿たれ！　生きることは、決して罪にならん。それに子どもというのは育つ環境によって、善にも悪にも染まるもんじゃ】

【知っているか？　昔から『類は友を呼ぶ』と言う。すなわち、邪悪には邪悪が寄り付く。お前が破壊の子と出会う頃には、そいつはもうどうしようもない極悪人になっているぞ】

【はぁ……バレルよ……。お前さんは本当にマイナス思考で、どこまでも根暗な男じゃのう……。たとえもし、そやつがどうしようもない悪ガキに育っておったとしても、剣を振るう楽しさを――剣術の真髄を解《かい》すれば、たちまちのうちに真人間となるに決まっておろう！　そうなればきっと、『プラスの大変革』を起こしてくれるじゃろうな！】

【……やはり私とお前は、考え方から生き方から、何から何まで全く噛《か》み合わんな】

【ばららら！　バレルが破壊の子を殺し、世界に安寧《あんねい》をもたらすか。儂がその子どもに剣術を叩《たた》き込み、世界に大変革をもたらすか。どちらが先に目的を果たすか、一勝負いこ

うではないか！】

旧友――神聖ローネリア帝国が皇帝バレル＝ローネリアとのやり取りを思い出しながら、バッカスは会心の笑みを浮かべる。

「悪いのぅ、バレル！　どうやら『あの勝負』は、儂の勝ちのようじゃ！　『この一手』で時代は、世界は、歴史は――大きく揺れ動くぞ！」

一足早く勝ち名乗りをあげた彼が、右手をスッと伸ばせば――そこへ億年桜のはなびらが集《つど》い、鮮やかな桜の大太刀《おおたち》が生まれる。

「――小僧！　これが『最後の稽古』じゃ！　よぅく見ておくがいい！」

バッカスは腹の底から声を張り上げ、桜の一振りをゆっくりと振りかぶった。

「桜華一刀流奥義《おうぎ》――」

遥《はる》か大空に狙いを定め、『生涯最後の斬撃』を繰り出さんとすれば、

「何をするつもりか知らんが、貴様に手出しはさせん！」

「あっしらを無視せんでくださいよぉ！」

フォンとディールは大地を蹴り付け、すぐさま妨害へ入る。

「究極絶対防御――円環の砂くじ……ッ!?」

純白の盾を展開し掛けたところで、フォンはすぐさま自身の誇る最強の防御術を解除し

た。

（あ、あり得ん……ッ）

　この斬撃を防ぐという行為が、如何《いか》に無謀で愚かなことかを瞬時に悟ったのだ。

「へへっ。いくら『幻霊の真装』っても、こっちにゃ『数の理』がありやすからねぇ
……！〈毒龍《ヴェノム》の――〉」

「――馬鹿野郎、ディールッ！『格の違い』を理解しろ！」

　フォンは素早くディールを蹴り飛ばし、自らも瞬時にその場を跳《と》び退《の》いた。

　その直後、

「――鏡桜斬《きょうおうざん》！」

　鏡合わせのようにして、幾億の桜の刃が空を斬り裂いた。

「な、なんだこれは……!?」

「桜の……刃!?」

「総員、緊急退――ぐぁあああ!?」

　バッカスが振るいし桜の斬撃は、まさに神話の一撃。

　天は裂け、海は割れ、幾千幾万もの剣士が倒れ伏す。

　神託の十三騎士を含めた一万の大軍勢は、たった一振りのもとに敗れ去った。

「こんな……馬鹿なこと、が……っ」

「あっしは、悪い夢でも見ているんでしょうか……」

フォンとディールは、あまりにも非現実的な光景を前にして、ただただただ呆然《ぼうぜん》と立ち尽くすばかりだ。

その一方、

「す、凄《すご》い……っ」

アレンの脳裏をよぎるは、湯屋『桜の雫《しずく》』で耳にしたあの武勇伝。

【儂がひとたび剣を振れば、海は割れ天は裂け、――幾千幾万の剣士が倒れ伏した！　まさに天下無敵！　蛮勇を奮《ふる》っておったわい！】

（バッカスさんの話は、全部本当のことだったんだ……！）

世界が桜色に染まる中、

（でも、この『光景』……どこかで見たことがあるような……？）

アレンの瞳の奥に、いつかの記憶が浮かび上がる。

【はぁはぁ……。あ、あんた……鬼のように強ぇな……。この俺が負けるなんざ、生まれて初めてのことだぜ……っ】

【はっ。そういうてめぇは、『まぁまぁ』ってとこだな。――ちなみに俺は『生涯無敗』

だ。今までも、そんでもってこれから先も永遠になぁ】

【ば、ばろろろ……！　その傲岸《ごうがん》不遜《ふそん》な在り方・何者も恐れぬ豪気・鬼神の如き力……気に入った！　俺は桜華一刀流が開祖ロックス＝バレンシア！　して、おまえさんはなんという？】

【あぁ？　なんでてめぇみたいなゴミカスに、名乗ってやらなきゃならねぇんだ？　その足りねぇ脳みそでもって、自分の立場をよぉく考えてみやがれ】

【ばろろろ！　とんでもねぇ強さに見合った、恐ろしい口の悪さだ！　名乗る気がないのなら、別に構わん。それよりもほれ、ここにい～ぃ酒がある。俺の故郷の酒だ！　一緒に呑もう！】

【……酒、か。そういや、久しく呑んでねぇな……】

【おっ、その反応はイケる口だな？　さぁ、呑もう呑もう！　この〈生命の樹《セフィロト》〉を肴《さかな》にやる一杯は、まさに格別ぞ！】

【ったく……。マズイ酒だったら、ぶち殺すぞ】

若き日のロックスが、尊大な男と酒を酌《く》み交《か》わす一夜の出来事。

（これは、ゼオンの記憶……？　もしそうだとしたら、どうして霊核の奴《やつ》が、こっちの世界でロックスさんと出会っているんだ？）

アレンの頭に大きな疑問が発生するけれど……。

その答えを知るのはゼオン本人、もしくは極一部《ごくいちぶ》の『関係者』のみだ。

「今だ！　最大出力で離脱するぞ！」

ローズの号令を受けたアレンたちは、飛空機にありったけの霊力を込め、最高速度で大空を駆け抜けていく。

それと同時──地平線の彼方《かなた》まで轟く、大きな笑い声が上がった。

「ばららら！　儂の時代はここで終わりじゃ！　アレン＝ロードル──『破壊の子』よ！　次はお前が時代を作れぃ！」

文字通り全ての力を使い果たしたバッカスは、豪快かつ満足げな笑みを浮かべたまま、光の粒子となって消滅し──アレンたちは無事、桜の国チェリンを脱出したのだった。

■

「くそ、やられた……っ。バッカス＝バレンシア、敵ながらなんという男だ……ッ」

フォンは怒りに身を震わせながら、奥歯を強く噛み締めた。

「……旦那ぁ、これからどうしやしょう……。今から追っても、さすがに間に合う距離じゃありませんよ」

「アレン＝ロードルだけは、いかなる手段を用いても、可及的速やかに殺さなければならない……ッ。だが、奴はこの戦いで深く傷付き、生と死の境を闊歩《かっぽ》した。ゼオンとの結び付きが強固になったうえ、ロードル家の封印が弱まったことも間違いない。……次に会うときは、もはや私一人の手に負えん。——今はとにかく、帝都へ帰還するぞ。バレルには、いくつか問いただださねばならないことがある」

フォンが次の行動方針を示したそのとき、

「——なんや、随分と怖い顔をしとるなぁ。せっかくの男前が台無しやで……なぁ、フォン？」

背後から涼しげな女性の声が響いた。

「……『血狐《ちぎつね》』リゼ＝ドーラハイン。そっちの男は、『奇人』クラウン＝ジェスターか」

「うんうん、元気そうで何よりやわぁ。最後に会《お》うたのは、ベリオス城でバレルと会談をしとったときやから……ちょうど一年ぶりくらいか？」

「お初に御目《おめ》にかかります。いやぁでも、嬉《うれ》しいなぁ！　ボクなんかの名前を知ってくれているなんて……光栄の至りっす！」

リゼとクラウンは相も変わらず、飄々《ひょうひょう》とした姿勢を崩さない。

「生憎《あいにく》だが、今はとても忙しい。何か用件があるのなら手短にしてくれ」

「んー、そうやねぇ。……『口封じ』言うたら、わかってくらはるかな？」

「……ッ!?　貴様、やはりアレン＝ロードルの正体、を……？」

フォンが素早く戦闘体勢を取ったその瞬間――彼の腹部から毒剣《どくけん》ヒドラが飛び出した。

「ディー、ル……？　貴様、何故《なぜ》……!?」

「すいやせんねぇ、フォンの旦那ぁ……。あっしは元々、リゼの姉さん派閥なんでさぁ」

細胞を殺す猛毒が、フォンの体を駆け巡り、その悉《ことごと》くを破壊していく。

「ぐっ、浄罪《じょうざい》の白くじ、ら……っ」

咄嗟《とっさ》に真装を展開しようとするが……。

彼の意思に反して、砂鯨《すなくじら》はボロボロと崩壊――ものの数秒と経《た》たずして、彼は物言わぬ肉塊と成り果てた。

本来ならば、これが正しい。

真装〈九首の毒龍《ヒドラ》〉の猛毒を食らいながら、あれだけ自由に動き回れたアレン＝ロードルこそが異常なのだ。

「さて、これで『裏切り者』の粛清も完了。フォンの遺体を手土産にすれば、うちのことを疑っとる五大国も聖騎士協会も、なぁんも文句を言われへん。世界には平和が戻りました、とさ」

リゼはパンと手を打ち鳴らし、いつもの柔らかい笑みを浮かべた。

「裏切り者って、どの口が言うんすかねぇ……」

クラウンはどこか呆《あき》れたように苦笑し、

「リゼの姉さんに逆らった愚か者こそが、裏切り者なんでさぁ」

忠臣であるディールは、コクコクと頷《うなず》いた。

「しっかしバッカス、やっぱりあんたは強いなぁ……。病《やまい》さえなければ、そう思わずにおれんわ」

今はなき億年桜に目を向けながら、リゼにしては珍しく感慨の籠った言葉を漏らす。

「……クラウンの旦那、クラウンの旦那……っ」

その光景を目にしたディールは、クラウンの服の裾をクイクイと引き、小さな声で耳打ちをした。

「リゼの姉さんが、何やら随分と物憂《ものう》げなご様子なんですが……。バッカスの旦那とは、何かご縁でもあったんですかぃ？」

「んー……そのあたりは、ボクもあまり詳しく知らないんすよねぇ。あの人、ほとんど過去を語りませんから」

「そ、そうですかぃ……」

リゼとバッカスの間になんらしかの利害関係があったのなら、二人が昔からの旧友であ

ったのならば……自分はとんでもない狼藉《ろうぜき》を働いてしまったのではないか。

そう考えたディールは、顔を真っ青に染める。

「あ、あの……姉さん？　もしかして、あっし……余計なことをやっちまいやしたか……？」

「いいや、なんも気にせんでええ。あの阿呆《あほう》とは、ただの腐れ縁や」

リゼが優しく微笑《ほほえ》み、ディールはホッと安堵《あんど》の息を漏らす。

「それに……あの場で唯一、バッカスはこっちの存在に気付いとった。ただ――あの男は、ほんまもんの『ド阿呆』やからな……。うちの助太刀なんか、必要としてへんかったんや」

激しい戦闘の最中、コンマ一秒にも満たない刹那、リゼとバッカスは目が合っていた。

彼はそのとき、獰猛《どうもう》な笑みを浮かべながら、小さく首を横へ振ったのだ。

――これは儂《わし》の戦い、つまらぬ手出しは無用。

無言のメッセージを受け取ったリゼは、魂装〈枯傘衰《かれさんすい》〉を引っ込め、バッカスの最期《さいご》を看取《みと》ることに決めた。

「それに第一、あの体は……もうあかん。幻霊〈生命の樹《セフィロト》〉の力をもってしても、全く支えが効いとらんかった。もし今日この戦いがなかったとしても、もって数日の命……。まぁこれについては、本人が一番ようわかっとったみたいや。だからこそ、バッカスは自分で死場《しにば》を選び、次の時代《アレン＝ロードル》に全てを託したんや」

リゼは足元に転がるバッカスの愛刀を拾い、それを見晴らしのいい丘へ突き立てた。

「好き放題に暴れ倒して、最後の最後まで筋を貫き、大笑いしながらあの世へ逝《ゆ》く。ほんま、無茶苦茶な爺《じい》さんや」

リゼは着物の懐《ふところ》から、一本の酒瓶を取り出した。

それは桜の国チェリンの地酒――バッカスが好んで呑《の》む一本だ。

「ん……ふぅ……っ」

彼女はそれを半分ほど呑み干し、残りの半分をバッカスの愛刀にトプトプと注ぐ。

「あんたは真《ま》っ直《す》ぐやから、うちとはまったく馬が合わんかったけど……。妹を助けてもろた件は、ほんまに感謝しとる。……ありがとうな」

空になった酒瓶を地面に置き、心からの謝意を告げた。

「――クラウン。後でこの無人島を買《こ》うといて、それからバッカスに見合う豪勢な墓も忘れんでや」

「了解っす。ちなみに……フォンの遺体はどうしますか？」

「そっちは腐らんよう早めに処理せなあかんから、うちのに回収させとくわ。――おーい、運んでや」

リゼがパンパンと手を打ち鳴らせば——黒服の集団がすぐさま駆け付け、手際《てぎわ》よくフォンの遺体を回収。深く一礼した後、どこかへ消え去った。

「ほなな、バッカス。また気が向いたら、愚痴でもこぼしに来るさかい、そんときはまた聞いたってや。——ふふっ、安心しぃ。ちゃんと酒と肴《さかな》は持って来るわ」

リゼはひらひらと手を振り、バッカスの愛刀に背を向ける。

「さて、と……せっかく桜の国チェリンまで来たんや。観光でもしていこか！」

「おぉ、それは名案っすね！　それじゃまずは、『桜物《さくらもの》』でも買いましょうか！」

「せやな。『旅の恥は掻《か》き捨て』言うし……今日は童心に帰って、思いっ切り楽しもうや！」

リゼとクラウンが盛り上がる一方、ディールはげっそりとした表情を浮かべる。

「あの、リゼの姉さん……？　あっし、つい先ほどまでアレンの旦那に殺され掛けていたんですが……」

「あー、それなら問題ないわ。——クラウン、あれ出しぃ」

「はいな！」

クラウンは懐から青白い丸薬を取り出し、それをディールへ手渡した。

「ボクが新たに開発した『第三世代の霊晶丸《れいしょうがん》』っす！　なんとこれは従来の即時回復効果に加え、霊力もそこそこ回復できるうえ、課題であった魂装の安定性もグッと向上させた超優れモノ！　いやぁ、我ながらいい仕事をしましたね！　――ささっ、ディールさん、ゴクッといってください！」

「念のために聞いておきやすが、副作用のほどは……？」

「あー、それは……まぁ……たまに死ぬぐらいっすね」

「そりゃまた、えらく重篤《じゅうとく》なものですねぇ……」

ディールは苦笑いを浮かべながら、手元の丸薬を転がした。

「まぁまぁ、基本的には大丈夫っす！　それに万が一のことがあっても、ディールさんなら〈九首の毒龍《ヒドラ》〉の能力で、なんとでもできますよね？」

「まっ、それもそうですねぇ」

強烈な副作用が出た場合は、『霊晶丸の成分を中和する猛毒』を体内に充満させれば問題ない。

そう判断した彼は、青白い丸薬をガリッと噛《か》み砕《くだ》く。

「……おっ、こりゃ確かに効きやすねぇ！」

「効くでしょう？　凄《すご》いでしょう？　とてつもない進化でしょう!?　いやぁ、これ作るのほんと大変だったんすよぉ～。バレル陛下に直訴《じきそ》して、晴れの国ダグリオで採れた良質な霊晶石をゆずっていただきつつ、実験体を融通してもらえるよう各方面に折衝《せっしょう》して——」

自分の『最新作』を褒められたクラウンは、マッドサイエンティスト特有の早口で捲《まく》し立《た》て——見かねたリゼが「待った」を掛ける。

「こらこら、そのへんにしときぃ。ちょっと熱が入りすぎや。ディールが困っとるやろうに」

「あっ、すみません……。ついつい、自分の世界に入り過ぎちゃったみたいっす……っ」

「いえいえ、気にせんでくださいなぁ。クラウンの旦那の発明品にゃ、いろいろと助けられていますから。あっしなんかでよければ、いつでも話し相手になりやすよ」

そうして話が一段落したところで、リゼがパンと手を打ち鳴らす。

「——よっしゃ、そろそろ行こか！　まずは桜物《さくらもの》を買わなな！」

その後、リゼはお洒落《しゃれ》な桜模様の扇子・ディールは桜吹雪の描かれた徳利《とっくり》・クラウンは桜デザインの帽子——それぞれ思い思いの桜物を購入した三人は、人混みの中を練り歩く。

「ほんで……直接剣を交えた感想はどないや？　——あっ、おっちゃん、『桜たこ焼き』一舟《ひとふね》ちょうだい！　ソースは多めにかけたってや！」

「いやぁ、本当に強かったですねぇ。もうあっしなんかじゃ、手も足も出やせん。体もだいぶと近付いているようですし、封印もかなり緩んでいやした。――露店の旦那ぁ、あっしも姉さんと同じものを一つお願いしやす」

「後は『ロードル家の闇』を操れるようになれば、七聖剣を相手にしても後《おく》れは取らないっすね！　――ボク猫舌なんで、ちょっとあっちで『桜焼きそば』買ってきます！」

「今のところは順調に進んどるが……はふはふっ……油断は禁物や。なんや『本家』の方が、ダリア＝ロードルが不審な動きを見せとる。さすがに間に合わん思うけど、あの一族は不思議な力を持っとるさかいな。――うん、これえぇ味しとるな！　濃い口のソースがたまらんわ！　後は……時の仙人の動きにも注視しとかなあかんし、まだまだ気を抜くことはできん。――よし、次は『桜の雫《しずく》』に行こか！　あそこの温泉は、世界でも三本の指に入るんや！」

裏社会に生きる三人は、まるで観光客のような軽い足取りで、桜の国チェリンを満喫するのだった。

■

桜の国チェリンから脱出した俺たちは、飛空機《ひくうき》に搭載された通信端末を使い、リーンガード宮殿の天子《てんし》様とアークストリア家のロディスさんへ連絡。

天子様直轄《ちょっかつ》の護衛とアークストリア家の私兵の合同部隊に保護され、なんとか無事にリーンガード皇国へ帰ることができた。

帰国後は全員すぐに大きな病院へ搬送され、そのまま緊急入院。

敵に『未知の毒使い』がいたということもあり、凄く高そうな医療機器での精密検査・優秀な回復系統の魂装使いによる治療・高名なお医者様による問診を受けた。

ちなみに俺たちに用意されたのは、六台のベッドが置かれた大部屋。

はじめはそれぞれに個室が割り当てられる予定だったのだが……。

「ローズさんはとても強い人だけど、だからこそ、今の傷付いた彼女を一人にしておくわけにはいかない」――そう判断した会長が病院と掛け合い、全員一緒の大部屋になったのだ。

そして現在、時刻は午後二十一時。

特別に外出許可をもらった俺は、病院近くの商店へ足を運んでいた。

「これとこれと……。後は……うん、どうせだし、これも買っておこうかな」

手持ちのお金が少ないため、あまりたくさんは買えないけれど……リンゴ・パン・果実水・駄菓子・娯楽雑誌など、みんなの気が紛れる小物を適当に見繕って購入。

「これでよしっと」

目的を果たした後は、サッと会計を済ませ、リアたちの待つ病室へ戻った。

「――みんな、ただいま。果物とかいろいろ買ってきましたよ」

俺が扉を開けるとそこには、青の入院着《にゅういんぎ》を身に纏《まと》ったリアたちが、ベッドに腰掛けながらお話をしていた。

「アレン、ありがとうね」

「わざわざ、すまないな」

リアとローズは柔らかく微笑み、

「アレンくん、ありがとう。とても助かるわ」

「病院の晩ごはんは、めちゃくちゃ味が薄かったからなぁ……。駄菓子のジャンクな味が恋しかったんだ！」

「感謝感激なんですけど……！」

会長は感謝の言葉を述べ、リリム先輩とティリス先輩はキラキラと目を輝かせた。

「いえいえ、気にしないでください。それよりも、みんな元気になったみたいで本当によかったです」

リーンガード皇国へ到着したとき、リアたちは自分の力で立てないほどの深刻な衰弱状態にあった。

精神的な疲労も大きかったようだけれど、何よりの問題は著しい霊力の消耗だ。

桜の国チェリンを発《た》ってから数時間、フォンとディールの魔の手から逃げ切るため、俺たちは飛空機を最大出力で飛ばし続けた。

（あれはただでさえ燃費が悪く、普通に飛行しているだけでも多くの霊力を消費してしまうからな……）

そんな『大食らい』を最高速度で稼働《かどう》させ続けたことで、リアたちは重篤《じゅうとく》な霊力欠乏症を引き起こしてしまったのだ。

その一方――俺は自分でもびっくりするぐらい元気だった。

飛空機の霊力消費を遥《はる》かに上回る速度で、どんどんどんどん霊力が回復していくのだ。

（なんだろうな、これ……）

胸の奥底に、巨大な『二つの力』が蠢《うごめ》いているのを感じる。

一つは、ゼオンの邪悪な力。

一つは、なんというか……よくわからない綺麗《きれい》な力。

両者は折り合いが悪いのか、バチバチと激しくやり合っているようだ。

まぁこの力について考えるのは、いろいろなことが落ち着いてからにしよう。

「――はい、リンゴが剝《む》けました」

俺はうさぎさんの形に切ったリンゴを小皿に取り分け、リアたちのベッドへ運ぶ。

「はむはむ……んーっ！　みずみずしくておいしい！」

「あぁ、落ち着いた甘さだ。なんだかホッとするな」

リアとローズは嬉《うれ》しそうに顔を綻《ほころ》ばせ、

「……冷静に考えて、どうして私たちが看病される側なのかしら……？」

会長は複雑な表情で上品にリンゴを齧《かじ》り、

「あーん……うん、うまい！　まぁそう気落ちするなよ、シィ。アレンくんの異常な丈夫さは、お前も知っているだろう？」

「同じ人間として考えない方が、精神衛生上よろしいんですけど……。んー、おいしい」

リリム先輩とティリス先輩は、あっけらかんとした様子だ。

その後、リア・ローズ・会長・リリム先輩・ティリス先輩が、一人ずつ診察室に呼ばれていく。

検査結果は個人情報であるため、お医者様から一人一人直接伝えられるようだ。

「はぁ、よかったぁ……」

「心配を掛けてすまない。問題なかったぞ」

「お姉さんも大丈夫だったわ」

「リリム＝ツオリーネ、異常なしだぜ！」

「私も健康体だったんですけど」

彼女たちの精密検査の結果は、みんな揃《そろ》って異常なし。

ディールの『細胞を殺す猛毒』は、バッカスさんの『完全再生』のおかげで、完全に無害化されたようだ。

「後はアレンくんだけね。何事もなければいいのだけれど……」

会長が心配そうに呟《つぶや》く一方、

「いや、どう考えてもこれは問題ないだろ……」

「これだけは、絶対に大丈夫なんですけど……」

リリム先輩とティリス先輩は、とても楽観的だった。

「二人とも……これとはなんですか、これとは……？」

俺がジト目で視線を送ると、彼女たちはプイと視線を逸《そ》らした。

そうして軽い冗談を言い合っていると――部屋の扉がノックされ、看護師さんが入って来た。

「――アレン＝ロードルさん、診察室へどうぞ」

「あっ、はい」

俺が部屋を出ようとしたそのとき、服の裾がツッと引っ張られた。

「アレン……大丈夫、よね？」

「あのときのアレンは、人の域を超えた力を使っていた。……心配している」

リアとローズは不安そうな表情で、訥々《とつとつ》と言葉を紡《つむ》ぐ。

「大丈夫だ。すぐに戻ってくるから、ちょっとだけ待っていてくれ」

俺は二人を安心させるため、優しい声でそう言い残し、診察室へ向かう。

看護師さんの案内を受け、病院の診察室に入るとそこには――手元のカルテに目を通す、かなり高齢のお医者様が座っていた。

「――失礼します」

「おぉ、君がアレンくんだネ！　うむ、うむうむ……うぅム！　いやぁ、やはり『実物』はいいものダ！　なんというかこう、『生きている』という感じがするヨ！」

彼は爛々《らんらん》と目を輝かせながら、勢いよく立ち上がり、俺の両手をがっしりと握る。

「え、えーっと……」

「おっと、こりゃ失敬！　自己紹介がまだだったネ。私はハプ＝トルネ。気軽にハプ博士と呼んでくれたまエ！」

「はじめまして、アレン＝ロードルです」

ハプ＝トルネ。

頭頂部に髪がなく、両サイドにのみ白髪が残っている。身長はかなり小柄、百三十センチぐらいだ。年齢はおそらく、八十を超えていらっしゃるだろう。レンズの分厚い眼鏡・ぎょろりとした大きな目・整えられた白い口髭《くちひげ》、一度見たら忘れられない顔をしている。

ぴっちりとした白衣・サイズのきつそうな黒のシャツ・ピンク色の派手なネクタイ、中々に独特なセンスだ。

(この人がハプ＝トルネ博士か……)

会長が悩まし気な表情で、「とても優秀なお医者様なのだけれど、ちょっと癖があるのよね……」と言っていたっけか。

「ささっ、座ってくれ給エ。『時は金なり、障子に目あり』ダ」

「は、はぁ……」

謎の諺《ことわざ》めいたものに生返事をしつつ、言われた通りに丸椅子へ腰を下ろす。

見るからに上機嫌なハプ博士は、「よっこらせっと」対面の座椅子へ勢いよく飛び座った。

「いやぁしかし、嬉しいネ！　まさかこんなに早く、アレンくんを診《み》られる日が来るなんて、思ってもみなかったヨ！」

「俺のことを知ってるんですか？」

「あぁ、もちろんだとモ。医学の世界において、君のことを知らぬ医者はいなイ。もしもそんな愚かな者がいるのならば、そいつは間違いなく『モグリ』だろうネ」

「……?」

「その反応……どうやら、あまり自覚がないようだネ。ほら、この記事をよくご覧ヨ」

彼は机の引き出しから、両面にラミネート加工の施された紙を取り出した。

「……『医学新聞』?　って、これは⁉」

そこにはなんと――俺と白百合《しらゆり》女学院の理事長ケミーさんの顔写真が、デカデカと掲載されていた。

「それは全世界の医学博士に臨時配布された号外！　アレン＝ロードルとケミー＝ファスタ女史が極秘裏に実施した『対呪《たいじゅ》治療研究』、その成功を知らせるものだヨ！」

ハプ博士は興奮気味にそう語った後、スッと目を細める。

「今からおよそ二か月前――私をはじめとした世界中の医師や回復系統の魂装使いは、『呪い』に対する有効な治療法を見つけ出そうと躍起になっていタ。突如出現した魔族たちが、とんでもない数の人たちに呪いを振り撒《ま》いてしまったからネ……」

元日――ゼーレ＝グラザリオをはじめとした魔族たちが、五大国を強襲した例の事件のことだろう。

「聖騎士協会指導のもと、世界中から莫大《ばくだい》な資本と最高の英知が結集されタ。あのときは本当に昼夜の別《べつ》なく、ただひたすら研究に没頭していたヨ。私のような年寄りから、新進気鋭の若者まで、『あぁでもないこうでもない』と激論を交わしたが……研究は遅々として進まなイ。ほんのわずかな取っ掛かりさえ、見つけることができなかっタ。そんな折に飛び込んできたのが、『これ』ダ」

ハプ博士はそう言って、新聞記事のヘッドラインを指さした。

『リーンガード皇国の研究チームが、呪いへの特効薬――アレン細胞の開発に成功！　研究主任：ケミー＝ファスタ！　検体提供者：アレン＝ロードル！』

「我々は驚愕《きょうがく》に目を見開き、ケミー女史の発表した論文に食らい付き、医学の発展を祝福し――そして何より、強烈な嫉妬に駆られた。『我こそが呪いという恐怖から人類を救うんだ！』、みんなの胸の内には、そんな強い野心があったからネ……」

彼は自嘲しながら、複雑な表情を浮かべる。

「ともかく、アレンくんとケミー女史の対呪治療研究により、人類は呪いに打ち勝っタ！　元々『世界一の医学博士』として名の通っていたケミー女史は、さらなる名声と栄誉を博し――特効薬の開発において、貴重な検体を提供したアレン＝ロードル！　新薬『アレン細胞』にも採用されたこの名前は、医学界に轟《とどろ》いたヨ！」

「なる、ほど……」

「アレンくんの体をたっぷりじっくりねっとり調べ上げたイ！　そう考える医者は、この世にごまんといル！　もちろん、私もその一人サ！　実際、医師会の実施した『今最も解剖したい生物ランキング』において、君はぶっちぎりの第一位なんダ！　第二位の魔族とは、トリプルスコアの大差がついていたヨ！」

彼は目の奥を妖しく輝かせながら、手をワキワキと動かした。

「そ、そうですか……っ」

そんな物騒なランキングは、今すぐにでも廃止してほしい。

（……この人に診てもらって、本当に大丈夫なんだろうか……）

一抹の不安が、さざなみのように押し寄せてくる。

「おっと、前置きが少し長くなってしまったネ。えーっ、ゴホン。最新の精密機械を用いて、アレンくんの体を調べた結果――君の体には、なんの問題もなかったヨ」

「あぁ、それはよかったで――」

「――まぁそんな些事《さじ》は置いておいて、そろそろ『本題』に入ろうカ！」

「え、えー……」

俺にとっては、今のが本題中の本題だったのだけれど……。

どうやらハプ博士には、もっと腰を据えて話したいことがあるらしい。

「早速だが、このカルテを見てほしイ！」

彼から手渡された分厚い書類には、何やら医学用語らしき難しい文字がズラリと並んでおり、見ているだけで目がチカチカしてくる。

「くくっ、どうだネ？　凄《すご》いだろウ⁉」

「すみません。何がどう凄いのか、よくわからないんですが……」

残念ながら、医学に関する知識はあまりない。

俺が知っていることと言えば、千刃《せんじん》学院の授業で習った裂傷や刺創《しそう》に対する応急処置、それから風邪・頭痛・腹痛への対処法といったごくごく一般的なものぐらいだ。

「おっと、こりゃ失敬！　少々、勇《いさ》み足だったようダ！」

ハプ博士は自身の頭頂部をペシンと叩《たた》き、ヌッとこちらへ顔を寄せてきた。

「このカルテに記されているのは――『とある実験』の記録とその結果だヨ！」

「とある実験、ですか？」

「うむ、そうダ！　ここから先の話は、他言無用で頼みたいのだが……実は私、アレンくんの細胞を裏でこっそりと培養《ばいよう》し、そこへ様々な刺激を加えて、その反応を調べていたんだヨ！」

「な、なる、ほど……？」

何故《なぜ》俺の細胞を裏でこっそりと培養していたのか。

どうしてそこへ様々な刺激を加えてみようと思ったのか。

本人に無断でそんなことをするのは、倫理・法律的に問題があるのではないか。

正直、引っ掛かるところはたくさんあったけれど、ひとまず話の続きを聞いてみることにした。

「実験の結果、とんでもないことが判明しタ！　アレンくんの細胞には、普通の人間じゃあり得ない『異常な適応能力』が――『耐性の獲得』とも言うべき特別な力が備わっていたんダ！」

「た、耐性の獲得……？」

聞きなれない言葉に首を傾《かし》げれば、ハプ博士は「うム！」と力強く頷《うなず》く。

「毒に浸《ひた》せば抗体を生み、高熱で燃やせば耐熱性を獲得し、斬り刻めば一層強固に結び付く！　まぁ早い話が、アレンくんは傷を負えば傷を負うほど、どこまでも無限に強くなっていくということダ！」

ハプ博士は鼻息を荒くしながら、とんでもないことを口にした。

「今までにこんな経験はなかったかネ？　戦闘中、一度目に食らった攻撃が、何故か二度目はそんなに大したことがなかった、とかサ」

「……あっ、そういえば……」

リアの炎やクロードさんの爆撃、直近で言うならばフォンの砂鯨《すなくじら》などなど……。一度目に食らった攻撃より、二度目の方が遥《はる》かに痛みは小さかった。

あれは単なる思い違いではなく、実際にダメージが軽減されていたようだ。

「それからもう一つ、気になることがあってネ。これ、ちょっと握ってもらえるかナ？」

ハプ博士はそう言って、ゴツゴツとした握力計を取り出した。

「ささっ、遠慮なくギュッとやってくれたまエ！」

「は、はぁ……」

なんだかよくわからないけれど、とりあえず言われた通りに握力計をギュッと握り締めた瞬間――『メギィ』という明らかにヤバイ音が響く。

「……あれ……？」

「ほほぅ……！」

手元に視線を落とせば、取っ手の部分がグチャグチャにひしゃげた握力計があった。

とてもじゃないが、これはもう使い物にならないだろう。

「す、すみません。なんか壊れちゃったみたいです……っ」

桜の国チェリンの観光でそれなりに散財したため、手持ちは非常に心許《こころもと》ない。

(握力計って、いくらぐらいするんだ!? 病院で使っているやつだから、めちゃくちゃ高かったりしないか!?)

頭の中に弁償と借金の文字がグルグルと巡る中、

「計測不能とは……素晴らしイ！　まさか『超高耐久設計』の握力計をこうも簡単に握り潰すなんて、こちらの想定を遥かに上回る馬鹿力ダ！」

ハプ博士は、鼻息を荒くしながら目をキラキラと輝かせた。

彼の口ぶりから察するに、ある程度この事態を予測していたらしい。

「あの、ハプ博士……？」

俺が説明を求めんと口を開けば、彼は「おっと、すまなイ」と笑った。

「実は、アレンくんの体を検査しているうちにとても面白いことがわかったんダ！　なんと……君の筋繊維の密度は、常人の百倍以上！　所謂《いわゆる》『特異体質』というやつサ！」

「特異体質……？」

「あぁ、そうダ！　普通の人間とは違った、『特別な構造の体』をしているということだヨ。例えば……かつて君と激しい戦いを繰り広げたシドー＝ユークリウスくん、彼も一種の特異体質だネ！」

シドー＝ユークリウス、氷王《ひょうおう》学院所属の超天才剣士だ。

「シドーくんの場合はこう……とにかく『柔らかい』んダ！　全身の筋肉という筋肉が、恐ろしいほど柔軟なんだヨ！　大五聖祭の後、瀕死《ひんし》の重傷を負った彼の体を診たときは、そのあまりの柔軟性に思わず唸《うな》り声をあげてしまったものサ。『まるで女の子のような柔肌だネ！』と言ったら、強烈な一撃を食らったっけカ……。あれはいいパンチだったなァ……」

ハプ博士は何故か頰を赤く染めながら、恍惚《こうこつ》の表情を浮かべた。

「アレンくんは、シドーくんと真逆だネ。彼を『柔』と表現するならば、君は『剛』――途轍《とてつ》もない剛筋《ごうきん》ダ！　これほど密になった筋肉は、そうそう見られるものじゃないイ。君と近しい肉質を持つ剣士は……儂《わし》の記憶にただ一人だけだヨ！」

彼はカッと目を見開き、その人物について語り始める。

「その人物こそ――黒拳レイア＝ラスノートと共に『千刃学院の黄金世代』を支えた絶世の美少女！　彼女の名は……名前、は……んン？　あー……いや、すまないイ。十年以上も前のことだから、ちょっとドわすれしてしまっているようダ。まったく、年は取りたくないものだネ」

「絶世の美少女ということは……その方は、女性だったんですか？」

途轍もない剛筋の持ち主と聞いて、てっきり男性かと思っていた。

「あぁ、小柄な体軀《たいく》の可憐《かれん》な乙女だったヨ。その二つ名は『鉄血』！　剣王祭優勝後、突如として表舞台から姿を消した謎の多い剣士サ！」

ハプ博士は鼻息を荒くしながら、熱く語り始める。

「しかし……あの頃の千刃学院は、なんというか『異常』だったネ！　黄金世代を支えた三人の女剣士は、みんな素手で戦うんだヨ！　剣術学院にもかかわらず、誰も剣を使わないものだから、当時はちょっとした『無刀流ブーム』が起きたものダ！」

その後、千刃学院と氷王学院の因縁の歴史・裏千刃祭などの無茶苦茶なイベントの沿革・黄金世代の逸話などなど、いろいろな話を聞くことができた。

どうやら彼は、千刃学院のＯＢらしく……。

七十年ほど前に卒業した後、自身の剣才に限界を見たため、医学の道へ転身したそうだ。

その後、話がいい感じに落ち着いてきたところで、彼は「ふぅ」と呼吸を落ち着けた。

「本来ならば、アレンくんの体をじっくり調べさせてもらえるよう、二十四時間びっちりと張り付いて、全身全霊のお願いをするところなのだが……今回はやめておくことにするヨ」

「えっと……どうしてでしょうか？」

ちょっと意外だった。

好奇心旺盛《おうせい》なこの人ならば、二十四時間と言わず、一年中でも張り付いて来そうなものなのに……どういうことだろうか？

「実は、とある事情があってネ。あまり深く、君とは関われないのだヨ。ふむ……せっかくだ、見せてあげよウ。千里を見通せ――〈涅槃水晶《ねはんすいしょう》〉」

ハプ博士はそう言って、突然魂装を展開しだした。

「ハプ博士、何を……!?」

「ははっ、そう構えないでくレ。この〈涅槃水晶《ねはんすいしょう》〉は、戦闘用じゃなくて完全な補助用――『未来の吉凶《きっきょう》』を占う魂装なんダ」

「未来の吉凶を占う魂装、ですか？」

「うむ、珍しいだろウ？」

「は、はい」

そんなものは、聞いたことがない。間違いなく、相当レアな能力だ。

「かつて最強の剣士を目指していた私は、戦闘向きじゃない魂装にひどく落胆したヨ……。しかし今となっては、本当にこれでよかったと思ウ。この力のおかげで、たくさんの危機を乗り越えてこられたからネ」

透明なクリスタルを彷彿《ほうふつ》とさせる〈涅槃水晶《ねはんすいしょう》〉――彼はそれを正眼《せいがん》の位置に構えた。

（……綺麗《きれい》だな）

さすがは千刃学院のOBというべきか、とても自然で美しい立ち姿だ。

「『百聞《ひゃくぶん》は三文《さんもん》の徳《とく》』と言ウ。一瞬のことだから、見逃さないようにネ？」

ハプ博士が〈涅槃《ねはん》水晶〉に霊力を込めた次の瞬間――透明な刀身がどす黒く濁《にご》り、大きなヒビが走った。

「ッ!?」

それを目にした彼は、ギョッと目を見開いた後、ホッと安堵《あんど》の息をこぼす。

「ふぅ、危ない危なイ……。やっぱり、ここが限界ラインのようだネ」

「どういうことですか？」

「占いの結果――これ以上アレンくんのことを調べた場合、私は何者かによって殺されてしまうようダ」

「なっ!?」

なんだかいきなり、物騒な話になった。

「さすがの私も、今回ばかりはちょっと焦《あせ》ったヨ。どうやら、本当に『ギリギリのライン』に立っているみたいだネ」

ハプ博士はヒビ割れた刀身をジッと見つめながら、しみじみと呟《つぶや》く。

占いの結果は、刀身の欠損具合で視《み》るらしい。

「私はなんらかの『選択』をするとき、必ず〈涅槃水晶《ねはんすいしょう》〉の力を使うようにしていてネ。未来の吉凶を視てから、本当にその選択を採るのかどうかを決めるんダ」

〈涅槃水晶〉の解釈によれば、自分の選択次第で、未来はどんどん変わっていくもののようだ。

「最初に異変が起こったのは三日前、出張先としてオーレストを選んだとき、魂装の刀身に暗い陰が――『小さな凶事』の前触れが顕《あらわ》れたんダ。まぁこれぐらいのことなら、過去にいくらでもあっタ。『オーレストで、小さな凶事が待ち受けているのだろウ』、軽い警戒心を抱きつつ、この街へ行くことに決めたヨ」

「なるほど」

「オーレストへ赴任してから、たくさんの選択をしてきたけど、特になんの変化もなかっタ。〈涅槃水晶〉はずっと小さな凶事を示したままダ。しかし数時間前、アレンくんの診察を買って出た直後、突然その刀身がどす黒く染まり――『大きな凶事』の兆候を示しタ。ここで確信したヨ。私にとって、アレンくんこそが地雷なんだ、とネ」

ハプ博士はそう言って、診察デスクの上に置かれたコーヒーカップを手に取り、ズズズッとすった。

「ただ……さっきも言った通り、私はどうしても君の体を調べたかッタ。目の前にぶら下げられた極上の人参《にんじん》——危ないとわかっていても、飛びつかずにはいられなかったヨ……。気付いたときには、何故《なぜ》か手元にアレン＝ロードルの細胞検体があッタ。多分、精密検査のときにでも、こっそりと採取したんだろうネ」

「え、えー……っ」

いくらなんでも、欲望に忠実過ぎるだろう。

「それから私は、アレンくんの細胞構造を秘密裏に調べ、『耐性の獲得』・『異常な剛筋』という類《たぐ》い稀《まれ》な特性を発見しタ。その結果が、これダ」

彼は真剣な眼差《まなざ》しで、今にも折れそうになった刀身を見つめる。

「〈涅槃水晶〉に大きなヒビが、死の兆候が出てしまッタ」

「それでさっきの結論、『これ以上俺のことを調べた場合、何者かによって殺される』に行き着くわけですか」

「そういうことダ。理解が早くて助かるヨ」

ハプ博士は満足げな顔でコクリと頷《うなず》いた。

「正直なことを言わせてもらうならば……本当はもっと、もっともっともっト！　頭の天辺《てっぺん》から爪の先、毛髪の一本に至るまで、アレンくんの体を調べ上げたイ！　だけど、これ以上はさすがに危険過ぎル……ッ。だから、どうしようもなく残念だけど、君からは手を引かせてもらうヨ。私とて、自分の命は惜しいからネ……」

彼はがっくりと肩を落としながら、欲望と悔恨の渦巻いた瞳を揺らした。

「そ、そうですね！　俺もそれがいいと思います！」

やっぱりこの人は、いろんな意味で怖い。

多分、頭のネジが数本は飛んでいることだろう。

そうして話が一段落したところで、ハプ博士がポンと手を打ち、

「そうダ。せっかくだし、アレンくんの未来も占ってあげよウ！」

とんでもないことを言い出した。

「お気持ちは嬉《うれ》しいのですが、それって危なくないですか？　あまり俺とは、関わらない方がいいんじゃ……」

「なぁに、心配はいらないサ。おそらくポイントは、『アレンくんの体』ダ。きっとそこには、まだ何か『大きな秘密』が隠されていル。そこに触れさえしなければ、私が消されることはないだろウ」

「なるほど」

〈涅槃水晶《ねはんすいしょう》〉の術者本人が、ここまで断言しているのだから、きっとその通りなのだろう。

「それに私自身、君の未来には、とても強い興味があル。ささっ、遠慮なんてせずにビシッとやってみせておくレ！」

「は、はぁ……」

ハプ博士は子どものようにキラキラと目を輝かせながら、〈涅槃水晶〉をこちらに手渡した。

刀身に入ったひび割れは、いつの間にか綺麗さっぱり消えており、美しく透明な一振りに戻っている。

「薄々勘付いているとは思うけれど、一応ちゃんと説明しておこうかナ。〈涅槃水晶〉の柄を握り、そこへ霊力を流し込めば、未来の吉凶を占うことができル。そしてその結果は、魂装の刀身に顕れるんダ。刀身が鮮やかに輝けば、その者の未来は明るイ。反対に刀身がくすんだり、ヒビが入ったりすれば、暗い未来が待ち受けていル。そして残念ながら、刀身が折れてしまった場合は……」

「折れてしまった場合は……？」

「そう遠くない未来――死ぬネ」

ハプ博士は真剣な表情で、えらく物騒なことを口にした。

「ち、ちなみに的中率のほどは……？」

「百パーセント、これまでただの一度も外れたことはないヨ」

「百パーセント⁉」

あまり占いを信用する方じゃないから、軽い気持ちで臨んだんだけれど……。

術者本人からそんな話を聞かされたら、さすがにちょっと緊張してしまう。

「ははは、そこまで深刻に考え過ぎる必要はないヨ。『刀身が折れる』なんて最悪な結果は、そうそうあるものじゃないからネ。ちょっとした運試しのような気持ちで、軽くやってくれたらいいサ」

「そ、そうですよね！　普通に考えたら、折れたりなんかしませんよね！」

俺は気を取り直して、大きく息を吐き出す。

「ふぅー……それでは、行きますね？」

「あぁ、よろしく頼むヨ」

俺が〈涅槃水晶〉に霊力を込めた次の瞬間——粉々に砕け散った。

「……え？」

「嘘《うそ》、だろウ……？」

刀身も鍔《つば》も柄も、ただのひとかけらも残さず、モノの見事に粉微塵《こなみじん》となってしまったのだ。

「は、ハプ博士……？　これはいったい……？」

〈涅槃水晶《ねはんすいしょう》〉の刀身が折れた場合、『そう遠くない未来の死』を顕《あら》わすという。

では、刀そのものが粉微塵に砕け散った場合……いったいどうなってしまうのだろうか？

「これまで何千何万という人たちを占ってきたけれど、こんなケースは一度も見たことがないヨ……」

ハプ博士は「信じられない」とばかりに大きく目を見開きながら、小さく首を横へ振った。

「ただ一つ、確実に言えることは……『やばい』ネ。近い将来、おそらくは一年以内に『死』以上の苦痛と絶望が、アレンくんを待ち構えているだろウ」

「そう、ですか……」

的中率百パーセントの占い結果は、一年以内に来る死以上の苦痛と絶望。

あまりにもあんまりな結果だ。

「「……」」

病室の空気が一気に重くなり、なんとも言えない沈黙が降りる。

「え、えっと、あれダ！　さっき的中率は百パーセントと言っていたが、それはこれまでの話だヨ！　もしかしたら、君が占いの結果を覆《くつがえ》す、初めての人間になるかもしれなイ！　うん、きっとそうなることだろウ！」

あのおかしなハプ博士が、必死にフォローへ回るほど、この結果はマズいようだ。

「……お気遣い、ありがとうございます」

大きく息を吐き出し、頭を切り替える。

（ふぅー……大丈夫。どこまで行ってもこれは、占いに過ぎないんだ）

自分の未来は、この手で斬り開くもの。

俺はこれまで、そうやって生きてきた。

「さて、診察はこれで終わりダ。アレンくんはもう退院していいヨ。肉体も霊力も、完璧な状態だからネ」

「ありがとうございました」

診察・雑談・占い――ほんの十分程度だけれど、ハプ博士との時間は、とても濃密なものだった。

「こちらこそ、ありがとウ。君との交流は非常に興味深いものだったヨ。またどこかで会おウ。……そうだな、今度は医者と患者という関係ではなく、友人として近況を語り合いたいものだネ」

「あはは、それは楽しみですね。そのときはまた、いろいろなお話を聞かせてください」

「あぁ、もちろん構わないとモ」

診察室を後にした俺は、自分の体が無事だったことに、ひとまず安堵《あんど》の息を吐く。

（それにしても、ハプ＝トルネ博士か……）

会長が言っていた通り、確かにけっこう癖が強かったけれど、悪い人じゃなさそうだ。

その後、みんなの待つ病室へ戻ると、

「アレン、大丈夫だった!?」

「少し長かったように思えたが……何か問題でもあったのか？」

「アレンくん、検査の結果は……？」

リア・ローズ・会長が、すぐに駆け寄って来てくれた。

「大丈夫、なんともなかったよ」

「あぁ、よかったぁ……」

「そうか、それは何よりだ」

「とりあえず、これでみんな一安心ね」

三人がホッと胸を撫《な》で下ろす一方、

「だから言ったじゃないか。アレンくんなら、絶対に大丈夫だって」

「リリムの言う通りなんですけど」

リリム先輩とティリス先輩は、仲良くバリボリと駄菓子を食べながら余裕の構えを見せた。

「そう言えば……。俺はもう退院していいみたいなんですが、みんなはどうでしたか？」

「私は大事を取って、三日ほど様子を見る必要があるって言われたわ」

「右に同じくだ」

「私も霊力がちゃんと回復するまでは、入院しておかなきゃ駄目みたい」

「リリム＝ツオリーネの回復力をもってしても、後数日は掛かるようだぜ……」

「まだ安静にしておく必要があるっぽいんですけど」

どうやらみんなの退院は、まだもう少し先になるみたいだ。

俺たちはその後、全員の無事を喜びつつ、ちょっとした雑談に興じた。

あまり馴染《なじ》みのない病院食のことや肌触りのいい入院着のことなど、話題はどれも本当に些細《ささい》なものばかり。

だけど、今はこれでよかった。

この軽い雑談は、血腥《ちなまぐさ》い殺し合いの場から、穏やかな日常へ戻るための儀式なのだ。

「さて、と……それじゃ俺は、このあたりで失礼しますね」

時刻は二十二時三十分。

入院患者でもない俺は、そろそろ帰らなければならない時間だ。

「アレン、明日もお見舞いに来てね？」

「お前と一緒にいると安心するんだ。……よかったら、明日も来てくれると嬉しい」

「あぁ、もちろんだ」

リアとローズとそう約束し、

「アレンくん、おやすみなさい」

「おやすみなさい、会長」

会長におやすみの挨拶を告げ、

「なぁアレンくん。明日はなんかこう、もっと体に悪そうなファストフードを持ってきてくれ！」

「暇つぶしの雑誌的なもの、追加で何冊かお願いしたいんですけど……？」

「はいはい、適当なものを見繕《みつくろ》ってきますね」

リリム先輩とティリス先輩のお願いを仕方なく受諾。

そうして俺は、オーレスト国立病院を後にする。

ちなみに……〈涅槃水晶《ねはんすいしょう》〉の不吉な占い結果は、誰にも話さなかった。

肉体・精神共に疲弊しているみんなに、余計な心配を掛ける必要はない、そう判断してのことだ。

三日後。

リアたちは何事もなく無事に退院。それぞれが自分の寮に戻った後、俺・リア・会長・リリム先輩・ティリス先輩――ローズを除いた生徒会メンバーは、千刃学院の一室に集まった。

「ローズ、やっぱり気を遣っているよな……」

俺がポツリと呟《つぶや》くと、みんな無言のままに頷《うなず》く。

リーンガード皇国に帰ってから、ローズはまったく弱音を吐かない。

大好きなバッカスさんを亡《な》くして、本当はとてもつらいはずなのに……。

気丈で強くて優しい彼女は、俺たちに心配を掛けないよう、空元気を出しているのだ。

「あの子、自分に厳しいうえに、けっこう抱え込むタイプだからね……。こういうとき、どう接してあげたらいいのかな……」

リアは難しい表情を浮かべ、

「ローズさんの心遣いを無駄にせず、彼女を元気付ける方法、か……」

会長は真剣な表情で思考を巡らし、

「うーん……逆に考えてさ、熱くぶつかり合ってみたらどうだ？」

リリム先輩はとても彼女らしい方策を述べ、

「ちょっと荒療治過ぎ。それが通用するのは、リリムみたいな単細胞だけなんですけど」

すぐさまティリス先輩に却下された。

その後、みんなでいろいろと話し合った結果――「いつも通りでいよう」という意見でまとまった。

ローズの気遣いを無駄にしないためにも、俺たちは可能な限り普段通りのままでいるべきだ。

ただ、彼女のことは常に気を掛け、思い詰めていたり、悩んでいたりするようだったら、それとなく話を聞いてみる。

ひとまずのところは、こういう形でまとまった。

後もう一つ、『バッカスさんのお墓を建てたい』という案が上がった。

（彼の肉体は、光る粒子となって消えてしまったけれど……）

世界最強の剣士が生きた証《あかし》をこの世界に残したかった。

そして何より、命を救ってもらったお礼をちゃんと伝えたかった。

しかし、こちらの独りよがりな気持ちで、勝手にお墓を建てるわけにはいかない。

当然ながらこの件は、ローズの意思を一番尊重する必要がある。

(問題は、いつこの話を切り出すか、だな……)

俺がそんなことを考えていると、

「ローズさんの気持ちを確認するのなら、なるべく急いだ方がいいわ」

「えぇ、私もそう思います」

会長とリアが、まったく同じ意見を述べた。

「アレンくん・バッカスさん・元皇帝直属の四騎士ディール・七聖剣フォン——世界屈指の四剣士が剣を交えたチェリンでは、近いうちに聖騎士協会による実地調査が行われるはずよ。小国の戦争に匹敵するほどの霊力が吹き荒れたあの戦闘、世界の恒久的な平和を目指す協会が見逃すわけないもの。そのときは多分、ちょっとした入国制限が敷かれるでしょうね」

「あの場には裏切り者のフォンがいたから、協会はきっと躍起になって霊力の残滓《ざんし》を調べ上げるわ。戦地となった無人島に限って言えば、年単位で立ち入り禁止になっちゃうかも……」

「なる、ほど……。確かにそれなら、急いだ方がよさそうですね」

短期的な入国制限ならばともかく、年単位の立ち入り禁止はさすがに困る。

こういった事情もあって、俺たちは全員で、ローズの寮へ向かうのだった。

その後しばらくして、ローズの住む寮に到着。

俺はみんなを代表して、コンコンコンと扉をノックする。

「――ローズ、俺だ。アレンだ」

「……アレン……？　どうした……っと、リアたちも一緒だったのか」

部屋から出てきた普段着のローズ。

その目は、ほんのりと赤く腫れていた。

もしかしたら、一人で泣いていたのかもしれない。

思わず、「大丈夫か？」と口をついて出てしまいそうになったけれど……無理矢理、喉《の》の奥へ呑み込む。

「みんな集まって、いったいどうしたんだ？」

不思議そうに小首を傾《かし》げる彼女へ、バッカスさんのお墓の件を話した。

「――というわけなんだけど、どうかな？」

「……ありがとう。気持ちは嬉《うれ》しい。だが、少し危険過ぎやしないだろうか……？　もしかしたらチェリンにはまだ、ディールやフォンのような奴等《やつら》が、潜伏しているかもしれない」

「その点については大丈夫だ。今回は、レイア先生が付いて来てくれる」

つい先ほど、千刃学院を出立する直前、偶然ばったりと先生に出くわした。

そこで簡単にこちらの事情を説明したところ、彼女は二つ返事で「同行しよう」と言ってくれたのだ。

リーンガード皇国の国家戦力である『黒拳』レイア＝ラスノート。

いろいろとポンコツなところも多いが……。

こと『戦闘』において、彼女ほど頼りになる存在はいない。

先生が一緒に付いて来てくれるのならば、桜の国チェリンへも安心して行くことができる。

「そう、か……みんな、本当にありがとう。お爺様《じいさま》は、とにかく派手なことが好きな人だからな。どうせなら大きくて目立つ、立派なお墓を建ててあげたい。それに――アレンたちが顔を見せに来てくれたら、きっと喜ぶだろう」

こうして俺たちは、再び桜の国チェリンへ向かうことになったのだった。

■

翌日。

俺・リア・ローズ・会長・リリム先輩・ティリス先輩・レイア先生・十八号さんの八人は、アークストリア家のプライベートジェットに乗って、桜の国チェリンを訪れた。

「……ふむ、さすがにまだかなり混乱しているようだな」

喧騒《けんそう》に包まれた大通りを歩きながら、レイア先生がポツリと呟き、

「国宝『億年桜』の消失、無理もないことでしょう」

十八号さんが、そこに相槌《あいづち》を入れる。

（……あの美しい桜は、もう二度と見られないんだな……）

バッカスさんが亡くなったためか、ほんの数日前まで満開に咲き誇っていた億年桜は、完全に消えてなくなっていた。

「……お爺様」

ローズは右手を胸にあて、もの悲しそうな表情を浮かべる。

その後、周囲に警戒を払いながら、人混みで溢《あふ》れた道を右へ左へと進んで行く。

「――っと、あれだな？」

先頭を進むレイア先生が振り返り、俺たちはコクリと頷く。

フォン＝マスタングとディール＝ラインスタッド、二人の『真装使い』と殺し合った無

人島を視界の先に捉えた。

あの島は特殊な海流に囲まれているため、海路では辿《たど》り着くことはできない。また空路も整備されていないため、文字通りの『孤島』となっている。

この前は飛空機を使って移動したのだが……。

今回は可能な限り目立つ行動を避けるため、ゼオンの闇を使って簡易的な橋を架けた。

「ほう、闇で足場を……。相変わらず、応用の利《き》く能力だな」

感心した様子の先生に、「ありがとうございます」と返答。

ちなみにこの技は、バッカスさんが億年桜の根で橋を架けていたのを見て閃《ひらめ》いたものだ。

そうして無事に島へ辿り着いたところで、レイア先生が十八号さんへ目を向ける。

「十八号。念のため、この島の外周を見張っておけ。怪しい人物が接近してきた場合は、すぐに私へ連絡するんだ」

「即座に交戦状態となった際は、どのような対応をすればよろしいでしょうか？」

「敵に真装使いがいたときのみ、特別にお前の真装展開を許可する。ただし、『ポータル』は目立つ場所に二か所作成すること、戦闘が長引きそうならば一時撤退すること、そして何より——絶対に熱くなって『呑まない』こと。この三つは死んでも守れ。いいな？」

「はっ、承知いたしました」

「うむ、では行け」

十八号さんは恭《うやうや》しく頷き、すぐに仕事へ取り掛かった。

今の会話を聞く限り、レイア先生と十八号さんも『真装使い』のようだ。

さすがというかなんというか……本当に心強い。

十八号さんと別れた俺たちは、無人島の奥へ足を進めていく。

無言のまましばらく歩き続けると、木々の合間から生々しい戦いの跡が見えてきた。

ゼオンの闇に染められた大地・ディールの猛毒に侵《おか》された森・フォンの砂で削られた岩――激しい死闘の跡を垣間《かいま》見たレイア先生は、ハッと息を呑む。

（このおぞましい霊力の残滓《ざんし》、まさかゼオンがこちらの世界に出てきたのか!?　……いや、違う。この闇からは、アレンの、い、いや、強い怒りが感じられる……）

彼女は険しい表情のまま、漆黒に侵された土を指でつまむ。

（自我を保ったまま、これほどの力を引き出したということは……まさか『道』を繋《つな》げたのか……!?　いや、あり得ない。それは道理が通らない。もし本当にそうだとするならば、わざわざ『撤退』を選ぶわけがない。間違いなく、ディールとフォンをその場ですぐ『八つ裂き』にしていたはずだ）

霊力の残滓《ざんし》を分析しているのか、先生は押し黙ったまま動かない。

（しかし、どういうことだ……。あのゼオンからこれほどの力を引き出しておきながら、何故《なぜ》アレンは無事でいられる？　……ダリア。もしかしてお前、何か私に『隠し事』をしていないか……？）

「あの、先生……？　何かあったんでしょうか……？」

「……すまない。ちょっと考え事をしていた。——先へ急ごうか」

どこか歯切れの悪い回答を口にした彼女は、多くを語ることなく、無人島の奥へ進んで行った。

そしてついに……『あの場所』へ到着する。

バッカスさんが最期《さいご》の一撃を、桜華《おうか》一刀流奥義《おうぎ》鏡桜斬《きょうおうざん》を解き放ち、光る粒子となって消滅したあの場所。

そこにはなんと——これまで見たことのないほど立派なお墓が建てられていた。

『桜華一刀流十六代継承者バッカス＝バレンシア　此処《ここ》に眠る』

墓石にはバッカスさんの名が刻まれている。

「これは……いったい誰が……？」

ローズの呟《つぶや》きの直後、

「——両手をあげて、三秒以内に出て来い。不審な動きを見せたら、即座に殺す」

レイア先生が、これまで見せたことのない『本気の殺気』を放った。

少年ヤイバを読んでケタケタ笑っている普段の彼女からは、想像もできないほどの圧だ。

その重さは、まさに別格。

「「「「……ッ」」」」

先生の凄《すさ》まじい殺気が場を支配する中、

「――私の〈玉蟲頭《たまむしかぶり》〉は、『隠形特化《おんぎょう》』の魂装なのですが……。さすがはレイア様、これほどあっさり見破られるとは思ってもいませんでした」

遥《はる》か後方、鬱蒼《うっそう》とした木々の狭間《はざま》から、黒服の男がヌッと姿を現す。

（あれが隠形特化の魂装か……初めて見たな）

彼が魂装を解除し、姿を見せるその瞬間まで、全く気配を感じなかった。

正面切っての戦闘には向かないが、暗殺・斥候《せっこう》・遊撃《ゆうげき》など、幅広い用途に使えるいい能力だ。

（それにしても、やっぱり凄《すご》い……）

黒服の隠形も凄いが、それを一瞬で見抜いたレイア先生はさすがだ。

普段はろくすっぽ働かないうえ、捻《ひね》くれ曲がった性格の駄目人間。しかし、『戦闘』という一点、ここにおいてだけは本当に頼りになる。

「その制服……狐金融《きつねきんゆう》の者だな。いったいなんのようだ？」

「我が主リゼ＝ドーラハイン様の命を受け、ローズ＝バレンシア様をお待ちしておりました」

黒服は空《から》の両手を上にあげ、敵意がないことを示しながら、ローズの方へゆっくりと足を進め——深々と腰を折る。

「白銀の髪に真紅の瞳……貴方《あなた》がローズ様ですね？」

「……『血狐《ちぎつね》』の使いが、私になんのようだ？」

強い警戒を滲《にじ》ませるローズに対し、黒服の男は淡々と用件を告げる。

「我が主はバッカス様に大恩があり、此度《こたび》の行動に出られました。世界最強の剣士にふさわしい墓所を用意し、国有地であるこの島を強引に買い上げ、桜華一刀流の正統継承者であるローズ様へお渡しする。これをもって義理を果たさんとしております。こちらが島の権利書です。どうぞご査収《さしゅう》ください」

黒服が取り出した封筒。そこにはこの島の権利書が入っており、所有者の欄にはローズ＝バレンシアと記されていた。

「ちょ、ちょっと待て……お爺様と血狐は、面識があったのか⁉　いやそれよりも、大恩とはなんだ⁉」

「申し訳ございません。私はただの連絡係、詳しいことは何も知らされていないのです」

黒服の男性は抑揚《よくよう》のない声でそう述べた後、

「次の仕事が控えておりますので、このあたりで失礼いたします」

恭《うやうや》しく一礼をし、静かにこの場を去った。

「……なるほど、フェリスの一件の恩返しというわけか」

「『フェリスの一件』……何か知っているのか？」

先生の呟きに対し、ローズが反応する。

「あぁ。リゼの妹であり、氷王学院の理事長――フェリス＝ドーラハイン。あの馬鹿がまだ学生だった頃、とある大きな事件に巻き込まれ、拉致されたことがあってな。それを救ったのがバッカスの爺さんだ。『強そうな剣士がいたので、勝負を持ち掛けてみたら……案外そうでもなかったわい』と残念がっていたらしい」

……なんともまぁ、バッカスさんらしいお話だ。

「リゼはいけ好《す》かん女だが……筋を違《たが》えるような真似《まね》はしない。この立派な墓と土地の権利書は、あいつなりの恩返しだろう。素直に受け取っておくといい」

「そう、か……。それは……感謝しないといけないな」

やっぱりリゼさんは優しい人だ。

あの人が五大国や聖騎士協会を裏切り、神聖ローネリア帝国へ情報を横流ししているだなんて……とても考えられない。

狐金融《きつねきんゆう》の黒服と別れた俺たちは、改めてバッカスさんのお墓と向き合う。

（……本当に立派だな）

桜吹雪の彫《ほ》られた大きな墓石の傍《そば》には、生前のバッカスさんが振るっていた大太刀《おおたち》、一張羅《いっちょうら》である青羽織《あおばおり》、大樽《おおだる》に入ったチェリンの地酒が供えられている。

彼の豪快な気質に合った、これ以上ないほど立派なお墓だ。

「――お爺様《じいさま》、みんなが来てくれましたよ」

ローズは柔らかく微笑《ほほえ》み、優しく語り掛けた。

それから俺たちは、持参した花・お酒・ツマミなど、思い思いの品を墓前に供え――故人の冥福《めいふく》を祈り、各々《おのおの》の想《おも》いを告げる。

「バッカスさん……この命を助けていただき、本当にありがとうございました。あなたと過ごした一週間は、かけがえのない宝物です」

俺がそうして頭を下げると、

「バッカスの爺さん、うちの大切な生徒を守ってくれたこと、感謝している。あんたとはいろいろあったが……今となっては、どれもいい思い出ばかりだ。またいつか一緒に、酒を呑《の》み交わそう」

　レイア先生は悲しそうに笑い、

「バッカスさん、この御恩は一生忘れません」

　会長は瞳を潤《うる》ませながら腰を折り、

「う、うぉおおおん……っ。バッカスのおっさん……私、もっと強くなっから……。おっさんみたいに世界最強の剣士になっから……だから、だから……天国から見ててくれよお……！」

　リリム先輩は大粒の涙をボロボロと流し、

「心の底から感謝しているんですけど……ありがとうございました……っ」

　ティリス先輩は唇を噛《か》み締《し》めながら深々と頭を下げ、

「バッカスさんの魂装の力で、命を救ってもらったと聞きました。本当に、本当にありがとうございます。――私がお酒を呑める年になったら、今度こそ一緒に呑みましょうね」

　リアは謝意を告げると共に将来の約束を結び、

「お爺様……最期の鏡桜斬《きょうおうざん》、本当にお見事でした。これからは私が、桜華一刀流十七代目正統継承者として、この剣を引き継いでいきます」

　ローズは自身の胸元に刻まれた桜の文様に手をかざし、静かに目を閉じる。

みんながバッカスさんを偲《しの》ぶ中、ローズはこちらに向き直った。

「――なぁ、アレン。お爺様は強かっただろう？」

「あぁ、本当に強かった。特にあの斬撃は――桜華一刀流奥義鏡桜斬は、まさしく『世界最強の一撃』だ」

天地鳴動《てんちめいどう》したあの凄まじい光景を、威風堂々としたあの勇ましい姿を、幾億《いくおく》と舞い散ったあの力強い斬撃を、俺は一生忘れないだろう。

「ふふっ、そうか。お前にそう言ってもらえて、天国のお爺様もきっと喜んでいるよ」

ローズは嬉《うれ》しそうに微笑んだ後、みんなに向けて問い掛ける。

「みんな、またいつか一緒にお爺様の墓参りに来てもらえないだろうか？　この人はとにかく、賑《にぎ》やかなのが大好きなんだ」

「あぁ、もちろん」

俺がそういうと同時、みんなも力強くコクリと頷《うなず》いた。

（――バッカスさん。また来年、お会いしましょうね）

こうして俺たちはリーンガード皇国へ帰り、それぞれの日常へ戻っていくのだった。

二：宮殿会議と里帰り

三月二十七日。

今日この日、皇族派の基本方針を定める大切な会議が開かれる。

出席者は国のトップである天子《てんし》様、皇族派《こうぞくは》筆頭のロディスさん、アークストリア家次期当主の会長、そして何故か——俺ことアレン＝ロードル。敢《あ》えて属性を付《ふ》すならば、『ゴザ村代表』か『一般参加枠』と言ったところだろうか。

「それじゃリア、ちょっと行ってくる」

「うん、気を付けてね」

リーンガード皇国の舵取《かじと》りを決める重要な会議ということもあり、ヴェステリアの王女であるリアの出席は、さすがに認められなかった。

(それにしても……どうして俺なんだ？)

自慢ではないけれど、政治のことは何もわからない。

(俺なんかを呼んでも、なんの役にも立たないと思うんだけどなぁ……)

皇族派と貴族派が争っていたり、主要四大国が足並みを揃《そろ》えられなかったり、裏切り者がいるかもしれなかったり。一応これまで、会長からいろいろな話を聞かされてきたけれど……正直どれも、俺の手に余るものばかりだ。

（とりあえず、変な発言で場を乱さないようにしなきゃな……）

そんなことを考えながら、オーレストの街を進んでいると、あっという間にリーンガード宮殿へ到着。

「――あっ。アレンくん、こっちこっち！」

宮殿の大きな扉の前には、制服姿の会長が立っていた。

どうやら、俺のことを待っていてくれたみたいだ。

「会長、おはようございます」

「おはよう、アレンくん。今日は来てくれてありがとう。予定とか、大丈夫だった？」

「はい、問題ありません」

俺の予定なんて素振りぐらいのものだし、それも今朝方にちゃんと済ませてきた。

「それにしても、まだちょっと冷えるわねぇ……。お姉さん今朝なんて、中々布団《ふとん》から出られなかったもの」

「あー、なんだかとても想像できる光景ですね」

掛け布団にくるまったまま、ベッドでゴロゴロとしている会長……まるで目に浮かぶようだ。

「むっ……ねぇそれ、どういう意味かしら？」

「あはは、冗談ですよ」

軽い雑談を交わしながら、天子様の待つ宮殿の上層へ向かう。

北の螺旋《らせん》階段を上り、東の連絡通路を渡って、南のテラスでスロープを下った後、西の大階段で再び上へ。

（……凄《すご》いな、まるで立体迷路みたいだ）

おそらく有事《ゆうじ》の際に備えて、わざとこういう複雑な構造《つくり》にしているのだろう。

天子様のところへは、簡単に辿《たど》り着けないようになっていた。

それからしばらく歩き続けたところで、会長がピタリと足を止める。

「っと、ここ、ここね」

「『ここ』、ですか……？」

俺たちが今いるこの場所は、長い廊下のド真ん中。左右に目を配っても、部屋らしきものはどこにもない。

「ふふっ、ちょっと見ててね」

彼女はどこか得意気に微笑むと、右側の壁をコン・ココン・コンコン・ココンと独特なテンポでノックしていく。

するとと次の瞬間、ガゴンという大きな音が響き、左側の白い壁が両サイドへスライド
――その奥から重厚な扉が現れた。

「これは……隠し部屋⁉」

「ふふっ、凄いでしょ？　このリーンガード宮殿には、秘密の部屋とか非常用の脱出経路とか避難用のシェルターとか、一般には知らされていない機能がたくさんあるの。もちろん私も、その全てを知っているわけじゃないんだけどね」

彼女はそう言いながら、隠し部屋の方へ足を向ける。

「さぁ、行きましょう。天子様とお父さんはこの先で待っているわ」

「はい」

重々しい扉をゆっくり開けるとそこには、とても小さくて整然とした部屋が広がっていた。中央に円卓と数脚の椅子、調度品は棚と照明器具ぐらい。まるで生活感のない、非常に簡素な空間だ。

そんな部屋の最奥《さいおう》――品のいい椅子に天子様が座っており、その背後にはロディスさんが控えていた。

「――アレン様。本日はお忙しい中、わざわざ宮殿まで足を運んでいただき、本当にありがとうございます」

「特に予定もなかったので、どうかお気になさらず」

　天子様の謝意に対し、丁重な返答をする。

　彼女は人格面に大きな問題を抱えた人だけれど、リーンガード皇国の頂点に君臨する御方だ。決して失礼がないよう、自分の発言や立ち振る舞いには、細心の注意を払う必要がある。

「ふふっ、そんなにかしこまらなくとも大丈夫ですよ？　私とアレン様の仲ですから、もっと砕けて――フレンドリーに接してください」

「いえ、そういうわけにはいきません」

「そうですか？　では、立ち話もなんですし、どうぞそちらへお掛けください」

「失礼します」

　俺は一礼してから、目の前の椅子を引き、ゆっくりと腰を下ろす。

「狭苦しいお部屋で申し訳ございません。もっと開けた場所でお話しできればよかったのですが、最近はどこに目や耳があるかもわかりませんので……」

　天子様は小さく吐息を漏らし、グルリと周囲を見回した。

「というと、ここはやはり？」

「はい。外壁は特殊な加工を施した霊晶石、四隅の柱には稀少《きしょう》なブラッドダイヤを組み込んでおります。これにより電子的な信号はもちろん、微細な霊力の流れに至るまで、外部との繋《つな》がりは完全に断絶。この部屋での会話が漏れることは、絶対にありません」

「なるほど、それなら安心ですね」

情報漏洩《ろうえい》対策は万全のようだ。

「ところでアレン様、一つよろしいでしょうか？」

「なんでしょう」

「先の激しい戦闘で、瀕死《ひんし》の重傷を負ったと聞いていたのですが……お体の方は、もう大丈夫なのですか？」

「はい、その節は本当にありがとうございました」

チェリンから帰国した直後、天子様とロディスさんが迅速に病院を手配してくれたおかげで、リアたちは傷付いた体をゆっくりと休めることができた。

その件については、とても感謝している。

「そうですか、それはよかったです」

天子様は柔らかく微笑《ほほえ》んだ後、コホンと咳払《せきばら》いをした。

世間話はここで終わり、そろそろ本題に入るのだろう。

「さて……これより先のお話は全て国家機密、所謂《いわゆる》『トップシークレット』なものばかり。

ここで見聞きした情報については、どうか他言無用でお願いいたします」

「わかりました」

天子様の鋭い視線を受け、改めて気持ちを引き締める。

「本日の議題は、大きく分けて三つ。まず一つ目、こちらはいいお話です」

「いいお話ですか？」

「はい。各国の首脳陣が、『狐金融《きつねきんゆう》の元締《もとじ》めリゼ＝ドーラハインこそ、極秘会談の場所を漏らした裏切り者ではないか？』と疑っている件、アレン様は覚えていらっしゃいますでしょうか？」

「……ええ……」

桜の国チェリンに滞在していたとき、会長から伝えられた話だ。あまり気持ちのいいものじゃなかったので、とてもよく記憶に残っている。

「それについてなのですが……本日未明、聖騎士協会より『リゼ＝ドーラハインに謀反《むほん》の疑いはない』という結論が、各国首脳陣へ通達されました」

「……え？」

謀反の疑いはない。それすなわち、『裏切り者じゃない』ということだ。

リゼさんへの疑念が晴れるのは、とても嬉しいのだけれど……。当初の黒塗りから一転しての真っ白宣言、いったいこれはどういう風の吹き回しだろうか？

こちらの訝《いぶか》しがる表情を見て、天子様が話の続きを語り始める。

「実は昨日、リゼ様はとある『土産物』を持参して、聖騎士協会の総本部を訪れたそうなのです」

「その土産物が、リゼさんの潔白を証明したと？」

「はい。彼女の無実を確かなものにしたそれは――防腐処理の施された、フォン＝マスタングの遺体です」

「なっ⁉」

思わず、驚愕《きょうがく》の声が漏れた。

「あのフォンが……死んだ⁉」

奴《やつ》は精緻《せいち》な剣術・練り込まれた戦略・超人的な身体能力を誇り、そしてなんと言っても、強力無比な真装《しんそう》〈浄罪《じょうざい》の白鯨《しろくじら》〉を振るう。

これまで俺が戦ってきた中でも、間違いなく『最強クラスの剣士』だ。

そんなフォンが……死んだ。

その事実をすんなりと受け入れられなかった。

「た、確か黒の組織には、模倣品を生み出す魂装使いがいました。その力を使えば、本物と瓜二《うりふた》つの偽物《にせもの》が作れるはず……！　本当にそれは、フォンの遺体だったんですか⁉」

「女剣士トール＝サモンズのことですね？　彼女が〈模倣芸術《ミミック・アート》〉というコピー能力を保持していることは、聖騎士協会でもきちんと把握しております。しかし、遺体から採取したDNAの塩基配列および霊力情報が、協会に登録されていたものと完璧に一致したらしく……。リゼ様の持参した遺体は、フォン＝マスタングのもので間違いないそうです」

「それはつまり……リゼさんがフォンを倒した、ということでしょうか？」

「いまだ調査中のため、詳細についてはわかっておりません。ただ、リゼ様あるいは『狐金融』の手の者が始末した、と考えるのが自然な流れかと思われます」

リゼさんと狐金融が凄い力を持っているということは、風の噂《うわさ》でよく耳にしていたけれど……まさかこれほどまでとは思っていなかった。

「それから次に、悪いお話が一つ。――神聖ローネリア帝国との全面戦争は、もはや避けられないでしょう。おそらくこの数年のうちに、早ければ今年中にも、世界規模の大戦争が起こります」

「こ、今年中⁉」

国際情勢が混迷を極めているのは、今や誰もが知るところだけれど……。今年中に戦争が起こるかもしれないというのは、いくらなんでも急過ぎる話だ。

「つい先日、かねてより強硬策を唱えるヴェステリア王国とロンゾ共和国に押され、ポリエスタ連邦が開戦派に回ってしまいました。これで主要四大国のうち、非戦派は我がリーンガード皇国を残すのみ。今後も粘り強く協議を続け、外交での平和的解決法を模索していくつもりですが……。国際世論の反発も予想されるため、いずれは戦争に舵《かじ》を切らざるを得ないかと」

天子様は沈痛な表情で、現下《げんか》の苦しい状況を訥々《とつとつ》と語る。

「近年、神聖ローネリア帝国は、急速に勢力を拡大しています。黒の組織という武装集団を水面下で立ち上げ、強大な力を持つ魔族と秘密裏に手を組み、テレシア公国を攻め落とした。こうしている今でさえも、世界中の有力な剣士に声を掛け、戦力の増強を図っていることでしょう。――『敵国が強大化していく様を黙って見ているぐらいならば、今すぐにでも全面戦争を仕掛けるべき』。そんな開戦派の主張も、わからなくはありません……」

彼女はそう言って、大きなため息を零《こぼ》した。

(……戦争、か……。あまり現実感のない話だけど、これから本当に起こるかもしれないんだよな……)

暗く重い空気が流れる中、

「そして最後に一つ。こちらは本日、私が最もお伝えしたかったことです」

天子様はそう前置きしてから、ゆっくりと語り始める。

「今回アレン様は、元皇帝直属の四騎士ディール＝ラインスタッドを下《くだ》し、七聖剣フォン＝マスタングを討ち取る寸前にまで迫りました。この報を受けた貴族派は、かつてないほどの混乱を見せ、数日前より緊急の会合を重ねております」

「……？　どうして貴族派が慌てているんですか？」

俺の戦いと貴族派の動揺。この二つには、関連性がないように思えるのだけれど……。

「何もおかしな話じゃありません。これまで貴族派は『七聖剣』の一人を囲い、その絶対的な武力を後ろ盾にして、我がリーンガード皇国を蝕《むしば》んできました。しかし――アレン様は先の戦闘で、七聖剣であるフォンを後一歩のところまで追い詰めた。必然、貴族派の内部では、『手中《しゅちゅう》の七聖剣でアレン＝ロードルに勝てるのか？』という疑念が噴出。どのような手法であなたを取り込むか、日夜《にちや》激論が交わされているようです」

「そ、そうなんですか……」

俺の知らないところで、自分の話がされている。

なんだかそれは、とても変な感じがした。

「そう言えば……その後、貴族派からの接触はありましたか？」

「貴族派からの接触？　いえ、何もありませんよ」

前回、天子様から忠告を受けたのは、確か一月の初旬頃――千刃学院でレイア先生に呼び出しを受けたときだ。

あれから三か月ほどが経《た》つけど、貴族派からのアクションは特にない。

「それはおかしいですね。貴族派に潜伏中の密偵《みってい》からは、『既に刺客が差し向けられた』という報告を受けているのですが……」

天子様が悩まし気な表情を浮かべると同時、ロディスさんが静かにスッと身を入れた。

「もしや……敵方に落ちたのでしょうか？」

「いえ、裏切りと断ずるのは早計です。まずは情報の精査を」

二人は真剣な表情で、何事かを相談する。

「っと、大変失礼いたしました。こちらの話ですので、お気になさらないでください」

彼女はいつものように柔らかく微笑み、軽くパチンと手を打った。

「とにもかくにも、皇族派が最も恐れているのは、アレン様が貴族派に取り込まれてしまうこと。私たちはこの最悪の事態を避けるため、あらゆる手を尽くさせていただきます。そこで早速なのですが――もしよろしければ、今ここで簡単なテストを受けていただけませんか？」

「テスト、ですか？」

「はい。高名な心理学者の考案した精神検査、もっと砕けた言い方をするならば、とてもシンプルな『心理テスト』ですね。これを上手《うま》く活用することで、アレン様の潜在的な欲求が明らかになります」

「それが明らかになって、何か意味があるのでしょうか……？」

俺の問い掛けに対し、天子様は即座に頷《うなず》いた。

「はい、もちろんです。貴族派は人の弱みを見抜き、そこへ付け込む術に長《た》けています。きっとこの先、ありとあらゆる手段を以《も》って、あなたを籠絡《ろうらく》しようとするでしょう。我ら皇族派は全力でそれを妨害するつもりですが、アレン様が真に求めるものを正しく理解していなければ、適切な防御策を講じることはできません。ほんの四・五分で終わるものなので、どうか御協力をお願いできないでしょうか？」

「は、はぁ……承知しました」

なんだかよくわからないけれど、とにかく心理テストを受ければいいらしい。

「ありがとうございます。――ロディス」

「はっ」

ロディスさんは小さく頭を下げ、懐《ふところ》から分厚い書類の束を取り出した。

「これより簡易的なテストを実施する。――アレンよ、準備はよいな？」

「うむ。それでは問一、今お前が最も欲しいものはなんだ？　おっと、深く考えてはならぬぞ。思うがままの解《かい》を述べるのだ」

「最も欲しいものと言いますと……やっぱり修業の時間ですかね」

先日の死闘で、俺は生まれて初めて、『道』のようなものと繫《つな》がった。その瞬間、無限の闇が全身を満たし、格上の真装使いであるフォンとディールを圧倒できたのだ。

あの力を自由に使いこなすことができれば、俺は今よりも遥《はる》かにもっと強くなれる。

（本当のところを言えば、今すぐにでも魂の世界へ行って、ゼオンと対話したいところなんだけど……）

レイア先生という抑止力《ストッパー》がない今、もしもアイツに肉体を奪われてしまった場合、途轍《とてつ》もない大惨事が起きてしまう。そのため、本格的に修業を再開するのは、新学期に入ってからと決めているのだ。

「むぅ、そうか……。ならば、質問を変えよう。問二、お前の望みはなんだ？」

「もちろん、強くなることです」

あのとき俺がもっと強ければ……。リアが瀕死《ひんし》の重傷を負うこともなく、ローズや会長たちが猛毒に侵されることもなく、バッカスさんが命を落とすこともなかっただろう。

自分の大切な人達を守るためには、強くならなくちゃいけないんだ。

「ぬぅ……わかった。では、さらに質問を変えよう。問三、日常生活の中で、お前が最も強く感じる衝動――すなわち、『欲』を述べよ」

「欲と言えば……やはり素振り欲でしょうか」

今朝方に三時間ほど振ったので、それなりに解消したつもりだったのだが……。なんだかもう、体の奥が疼《うず》いてきた。

この会議が終わり次第、すぐに剣を取ろうと思う。

「ぐっ……馬鹿者！　お前という男は、どこまで枯れておるのだ!?　健全な男児《だんじ》たるもの、金・色・名声！　そういうギラついたものが、普通もっとこう……あるだろう!?」

「え、えー……っ」

そんなにおかしな返答をしたつもりはなかったのだけれど、何故《なぜ》かロディスさんに怒られてしまった。

「ロディス、熱くなってはいけませんよ？　少し落ち着いてください」

「ふぅふぅ……し、失礼いたしました」

天子様に窘《なだ》められ、ロディスさんは素直に引き下がる。

「ではアレン様、私からも一つよろしいでしょうか？」

「あなたが手に入れたいと思う、物質的なものをお教えください」

「ええ、どうぞ」

「物質的なもの……ちょっと難しいですね……」

剣は黒剣があるし、防具は闇の衣で十分。

そうなってくると……うーん、これは思いのほかに難しい質問だ。

「……強いて言うならば、自分の家でしょうか」

「まぁっ、それは素敵ですね。どのような家屋をお望みなんですか？　やはり――」

「――ええ、やはり六畳二間《ふたま》。そこに素振りのできる庭があればもう……言うことはありません」

俺はいつの日かオーレストの街に立派な家を建て、そこで母さんと一緒に暮らしたいと思っている。彼女だってもういい歳《とし》だ。田舎での過酷な生活は、肉体的にそろそろ限界が近いはず。膝や腰を壊してしまう前に、都での楽な暮らしをさせてあげたい。

（ただ問題は……最近の急激な地価の上昇だ）

ここのところ、オーレストの地価は異常なほどに高騰していると聞く。特にリーンガード宮殿近くの一等地は、安全性と利便性に優れているため、目玉が飛び出るほどの高値で売買されているとか。

（聖騎士の給金だけじゃ、きっと難しいだろうな）

千刃学院を卒業した後は、『平日は聖騎士・休日は魔剣士』という兼業生活をするつもりだけど……。それでどれぐらいの稼ぎになるかは、いざやってみないとわからない。

そんな風に今後の人生設計を考えていると、天子様がどこか呆《ほう》けた声をあげる。

「ろ、六畳二間……ですか？」

「はい。……やっぱりちょっと高望みし過ぎですかね？」

「い、いえ……なんというか、その……叶《かな》うといいですね……六畳二間」

「ありがとうございます」

俺が謝意を告げると同時、天子様・ロディスさん・会長が密になって集まった。

「……酷《ひど》く庶民的な望みですね」

「うぅむ、まさかここまで枯れておるとは……正直、想定外というほかありませぬ。古来より『英雄色を好む』と言うのですが……」

「アレンくんはこういう人なんです。『途轍《とてつ》もなく強い剣術馬鹿』という一点を除けば、本当に恐ろしいほど平凡。……まぁそのギャップがとても魅力的なんですけど」

天子様・ロディスさん・会長の三人は、何やらこそこそと密談を始めた。

なんだか失礼なことを言われているような気もするけれど……。天子様がいる手前、ずけずけと割って入るわけにもいかない。

ここは大人しく、控えていることにしよう。

その後、「お金の使い道」「好きな異性のタイプ」「生涯を賭《と》して成し遂げたいこと」などなど、たくさんの質問が続き――ようやく全ての心理テストが終わった。

それと同時、皇族派の御三方が再び集《つど》い、小さな声で何事かを相談しだす。

「……これ、モノで釣るのは不可能ですね」

「若くして達観し過ぎています。この男、人生何周目なのでしょうか……」

「以前にも一度申し上げましたが、アレンくんはそういった『釣り』に引っ掛かるタイプじゃありません。それよりも警戒すべきは、大切な人を交渉材料に取られるといった、染め手や曲がり手の方かと」

「確かに、そのようですね」

「私も娘《むすめ》の考えに賛成でございます。まずはアレン＝ロードルの親類を洗い出し、そこへ信頼の置ける警備を付けさせましょう」

およそ一分後――無事に話がまとまったのか、天子様がニコリと微笑《ほほえ》んだ。

「――アレン様、本日は御協力ありがとうございました。おかげさまで、いろいろと見えてくるものがありました」

「いえ、俺なんかが力になれたのであれば光栄です」

とにもかくにも、これで会議は終幕。

俺はどこかに寄り道することもなく、真《ま》っ直《す》ぐ自宅へ帰るのだった。

■

三月三十日、早朝。

新学期を目前に控えたこの日、俺は久しぶりに故郷のゴザ村へ帰る。

(母さん、元気にしているかな?)

確か最後に顔を合わせたのは……そう、千刃学院に入学するかどうかを相談しに行ったときだ。

(時間が流れるのは早いなぁ。もう一年以上も会ってないことになるのか……)

本当はこんなに日を開けるつもりじゃなかったのだけれど……。「そろそろ里帰りでもしようかな?」と思うたびに厄介な事件が起こり、なんだかんだと先延ばしになってしまっていたのだ。

顔を洗って歯を磨き、いつもの制服に着替え、お土産《みやげ》の饅頭《まんじゅう》を持ったら、準備は万端。

「よし、そろそろ行こうか?」

「うん!」

俺の問い掛けに対し、リアは元気よく頷いた。

今回の里帰りは、俺一人だけじゃなく、みんなで行くことになっているのだ。

今より遡《さかのぼ》ること数日——いつものように二人でお昼ごはんを食べていたときのこと。

「なぁリア、ちょっといいか？」

「どうしたの、アレン？」

「そろそろ一度、故郷のゴザ村に帰ろうと思うんだけど……。もしよかったら、リアも一緒に来ないか？」

「そ、それってもしかして……『親御さんへの御挨拶』!?」

「いや、そんなに堅苦しいものじゃないよ。ちょっと遊びに行く感じだ。もし田舎が苦手とかだったら、俺一人で行って来るけど——」

「——行く！　行くわ！　行きますとも！」

「そ、そうか、わかった」

まさかこんなに食い付いてくるとは、思ってもいなかった。

「ついにこの時が来たわね……一世一代のビッグイベント、親御さんへの御挨拶！　ふぅ——……大丈夫、落ち着きましょう。この日のために何冊も本を読んで、必要な情報は十分に仕入れてきた。清潔感のある服装・丁寧な言葉遣いと態度・訪問マナーの手土産……よし、脳内シミュレーションは完璧！」

リアはブツブツと何事かを呟《つぶや》きながら、拳をギュッと握り締める。

（そんなにゴザ村へ行きたかったのか……？）

もしかしたら彼女は、生粋《きっすい》のアウトドア派なのかもしれない。

「っと、そうだ。せっかくだし、ローズも誘ってみようと思うんだけど……どうかな？」

桜の国チェリンの一件で、彼女は心に深い傷を負ってしまった。

ゴザ村の雄大な自然に触れることで、それが少しでも癒えてくれたら、せめてちょっとした気分転換にでもなってくれれば、と思う。

もちろん無理強いするのは絶対に駄目だから、簡単にさらっと声を掛けるつもりだ。

「え……あっ、うん、そうね……。アレンに誘われたら、ローズもきっと喜ぶはずよ……。とてもいい考えだと思うわ」

リアは何故か複雑な表情で賛同の意を示した。

その後、ローズに声を掛けてみたところ、思いのほかいい返事が来たため、いつもの三人でゴザ村に行くことになったのだ。

現在時刻は午前九時――。

「んー、今日はいい天気だな」

「えぇ、絶好のお出掛け日和ね」

俺とリアは春の気持ちいい風を浴びながら、待ち合わせ場所である千刃学院の正門前へ向かう。

するとそこには――寝ぼけまなこのローズが、うつらうつらと船を漕《こ》いでいた。

「おはよう、ローズ」

「ローズ、そんなところで寝てたら危ないわよ？」

「ん、ふわぁ……おはよぅ……」

彼女はごしごしと眼《め》をこすりながら、欠伸《あくび》まじりの挨拶をする。

「さて、それじゃまずはポーラさんの寮に寄って、それからゴザ村へ行こうか」

「えぇ」

「……うん」

オーレストの街を出てからは、ちょっとした雑談に興じながら、街道に沿って真っ直ぐ進んでいく。

「そう言えば……ポーラさんって、アレンが中等部の頃、お世話になっていたのよね？どんな人なのかしら？」

「前に一度、『途轍《とてつ》もなく大きい』と聞いたことがあるが……？」

「うーん、そうだな……。怒るとちょっと怖いけど、いつもはとても優しくて本当に頼りになる人だ。後、とにかくめちゃくちゃ大きい」

　その後、無人の野を越え、未開の山を越え、鬱蒼《うっそう》とした森の中を踏み歩く。

「ね、ねぇアレン……本当にこの道であってる？　というかここは、道と呼んでもいいものなの……？」

「かなり田舎の村だとは聞いていたが、さすがにこれは想像の遥《はる》か上を往《い》くな……っ」

「二人とも大袈裟《おおげさ》だなぁ。まだ半分も来てないぞ？」

「は、半分⁉」

　そんなこんなで険しい森の中をひた進むと、前方に木造二階建ての寮が見えてきた。

「よし、着いたぞ。ここがポーラさんの寮だ」

「はぁはぁ……ちょ、ちょっと待って……っ」

「ふうふぅ……これは中々いい運動になるな……ッ」

　獣道をひたすら歩き続けたせいか、リアとローズは見るからに疲労困憊《ひろうこんぱい》といった様子だ。

　まぁ今日のような険しい悪路を進むのは、歩き方というかなんというか……『慣れ』のようなものがいる。二人がこうなるのも、無理のない話かもしれない。

「うーん……っ。それにしても、空気がおいしいわねぇ」

「あぁ、なんだか森の味がするな」

何度か深呼吸をして、息を整えたリアとローズは、そんな感想を口にする。

その直後——春の気持ちいい風に乗って、にんにくの芳《こう》ばしいかおりが運ばれてきた。

これは多分、焼き飯だな。

「それじゃ行こうか」

「ええ」

「あぁ」

ポーラさんサイズの巨大な扉をコンコンコンとノックしたけれど……返事がない。

きっと調理に集中しているのだろう。

「——失礼します」

一言そう断りを入れてから、大きな扉をギィと開けて、住み慣れた寮へおじゃまする。

玄関で靴を脱ぎ、大広間を抜け、厨房《ちゅうぼう》に向かうとそこには——晩ごはんの仕込みをする、ポーラさんがいた。

ポーラ＝ガレッドザール。

俺が住んでいた寮の寮母さんだ。身長二メートルを越える巨軀《きょく》。迫力のある顔立ち。黒いシャツの上に真っ白のエプロン姿は、今でも変わりない。常に腕まくりをしており、そこから見える二の腕は……俺の四倍はあった。

「ふんふんふーん！」

彼女は大合唱の如き鼻歌を奏《かな》でながら、愛用のフライパンをガッシャガッシャと豪快に振るっている。

中等部の頃によく見たこの光景、胸の奥がじんわりと温かくなった。

（……でもあれ、おかしいな……。前に見た時より、またちょっと大きくなってないか？）

俺の気のせい……ではない。

フライパンを握る拳は巨岩《きょがん》のようにゴツク、そこから伸びる腕は丸太と見紛《みまが》うほどに太かった。

ざっと全身を見る限り、前に会った時と比べて、一回りは巨大化している。

……きっと彼女は、成長期なのだろう。

「ひ、ヒグマ……じゃないわよね……？」

「な、なんというサイズ感だ……っ。お爺様《じいさま》と見合う体格《サイズ》の人間がいるとは……それがまさか女だとは……驚きだ」

初めてポーラさんを見たリアとローズは、驚愕《きょうがく》のあまり目を見開く。……まぁ、その気持ちはよくわかる。

「ポーラさん、お久しぶりです」

大きな声でそう話し掛けると、彼女はフライパンを振りながら、クィッと首だけこちらへ向けた。

「ん……？　おぉ、アレンじゃないか！　どうした、飯でも食べに来……って、そっちの別嬪《べっぴん》さんたちは？　もしかして……あんたのお友達かぃ？」

「はい、千刃学院のクラスメイトです」

俺はコクリと頷《うなず》き、リアとローズへ視線を向ける。

「リア＝ヴェステリアです。初めまして、ポーラさん」

「ローズ＝バレンシアだ。よろしく頼む」

二人が礼儀正しく挨拶をすると、ポーラさんはニッと破顔した。

「リアちゃんとローズちゃんだね！　あたしはポーラ＝ガレッドザール、ここの寮母をやっているもんだ。今ちょぃと手が離せないから、そっちで待っといておくれ」

「「はい」」

俺たちは邪魔にならないよう、食卓の椅子に座って、しばらく待機しておく。

ポーラさんはその間、慣れた手つきでフライパンを操り、空いた手で大鍋を掻《か》き交《ま》ぜ、

合間を見ては野菜のおひたしを作る。

（相変わらず、凄《すご》いなぁ……）

厨房という戦場に立つ彼女は、複数の調理を同時並行して進めていくその姿は、なんだかとても格好よく見えた。

それから三分後――夜の仕込みを終えたポーラさんは、火の元をちゃんと締めてから、食卓の椅子に腰を下ろす。

「ふぅ、待たせたね。それで、今日はどうしたんだい？」

「はい、実は――」

俺が簡単に事情を説明しようとしたそのとき、ポーラさんの強靱《きょうじん》な右腕がヌッと伸びた。

「あーいや、待ちな。このあたしがズバリと当ててやろう！」

「は、はぁ……」

「実は最近、『推理モノ』に嵌《はま》っていてね。家事の合間を縫《ぬ》って、読《よ》み耽《ふけ》っているのさ」

「へぇ、そうなんですか」

ポーラさんの視線の先――戸棚の中段には、推理小説がズラリと並んでいた。

「ふむ、ふむふむふむ……今日は三月三十日、春休みの最終盤だね。アレンは珍しく、クラスのお友達を連れている。そして三人はそれぞれ、けっこうな大荷物を持っている。

――ふっ、わかったよ。ゴザ村への里帰りだね！」

ポーラさんは名探偵よろしく、ビシッと人差し指を伸ばす。

「はい、大正解です」

「ふっふっふっ、あたしの眼力も捨てたもんじゃないね！」

彼女は両腕をがっしりと組み、嬉《うれ》しそうに肩を揺らした。

「ここ最近、あまり顔を見せられていなかったので、そろそろゴザ村に帰ろうと思いまして。せっかくなので、ポーラさんにもご挨拶ができたらなと」

「おぉ、そりゃ嬉しいねぇ！」

彼女は嬉しそうに微笑《ほほえ》んだ後、ボリボリと後頭部を掻《か》いた。

「ただ……今回はちょいとばかしタイミングが悪かったね」

「どういうことですか？」

「ダリアさん、竹爺《たけじい》や村の人達を連れて、ドレスティアへ行っちまったよ。収穫した春野菜を売りにね。ほら、あそこに大量の野菜があるだろう？　あれは行きしなに、御厚意で置いてってくれたもんだ」

ポーラさんの指さした先には、山のように段ボールが積まれてあった。

そこにはたまねぎ・キャベツ・たけのこなどなど……。今が旬の春野菜が、これでもかというほどに詰められている。

「あー……そうでしたか」

言われてみたら、確かにもうそんな時期だ。

「残念、入れ違いになっちゃったみたいね」

「ドレスティアは商人の街。モノを売買するならあそこがベストだからな。こればかりは仕方がない」

リアとローズはそう言ってくれたけど、けっこうショックは大きい。

(最近ドタバタしてたから、ちょっとうっかりしてたな……。こんなことなら、先に手紙でも送っておけばよかった)

俺が小さくため息をつくと同時、ポーラさんが元気付けとばかりに、バシンと背中を叩《たた》いてくれた。

「かっ、は……ッ」

瞬間、脊髄が粉砕されたのかと錯覚するほどの衝撃が走り、前後不覚に陥《おちい》ってしまう。

「まっ、そう気落ちしなさんな。別にもう一生会えないってわけじゃないんだからね。また次の長期休暇、夏休みにでも会いに行けばいいさ」

「あ、ありがとうございま、す……っ」

もうちょっと力加減は覚えてください――喉まで出掛かった言葉をギリギリのところでゴクリと呑《の》み込む。

「それにダリアさん、帰りにもう一度うちに寄るって言っていたからね。アレンのことは、あたしがちゃんと伝えとくよ。元気でやっていて、可愛《かわい》いガールフレンドもいるってね」

「ちょっ、ガールフレンドって……!?」

俺が顔を赤くすると同時、彼女はニヤリと人の悪い笑みを浮かべる。

「おいおい、何を勘違いしてんだい？　あたしゃガールフレンド、すなわち『女友達』って意味で言ったんだけど……？」

「さっきのは明らかに、含みのある言い方でしたよね!?」

「まったく、これだから思春期の男は……」

「もう、ポーラさん！」

俺たちがそんなやり取りをしている一方、

「あはは。なんだかアレンが普通の学生みたい」

「ふっ、中々に新鮮な光景ね」

リアとローズはそう言って、楽しそうにクスクスと笑っていた。

「さてと、冗談はこのあたりにして……。あんたたち、この後はどうするつもりなんだい？」

「えーっと、そうですね……」

母さんや竹爺――ゴザ村のみんなが収穫物を売りに行っているのなら、わざわざ村へ行っても仕方がない。

（うーん、どうしようかなぁ……）

俺が頭を悩ませていると、

「特に予定がないんだったら、うちに泊まっていったらどうだい？」

「えっ、いいんですか？」

「おうとも！　最近はめっきり流行《はや》っちゃいないが、一応ここは寮だからね。幸いにも空き部屋なら腐るほどある」

ポーラさんはとても嬉しい提案をしてくれた。

「リア、ローズ、どうする？」

「もちろん大賛成、お言葉に甘えましょう」

「せっかくの御厚意、無駄にするわけにはいかない」

二人も乗り気だし、これは決まりだな。

「それじゃポーラさん、久しぶりにお邪魔しますね」

「お世話になります」

「よろしく頼む」

「あぁ、騒がしいのは大歓迎だよ！」

こうして俺たちは、ポーラさんの寮に泊まることになったのだった。

■

俺・リア・ローズの三人は、ポーラさんに用意してもらった各自の部屋へ移動する。

「……懐《なつ》かしいなぁ。全然、変わってないや」

俺に宛《あて》がわれたのは、三年間お世話になった懐かしの自室。

棚・ベッド・勉強机――何もかもがあのときのままなので、まるでタイムスリップしたかのような気分だ。

（昔は、よくここで腕立て伏せとかしてたっけな……）

朝と昼はグラン剣術学院で自主練、夕方は寮の近くで素振り、夜は自室で筋トレ――中等部の三年間は、ずっとそんな生活を送っていた。

あの頃はつらいことも多かったけれど……逃げずに頑張って、本当によかったと思う。

「っと、感傷に浸っている場合じゃないな」

持参した手荷物をベッドに置き、大広間へ移動——リア・ローズと合流する。

「さて、と……これからどうしようか？」

「やっぱり、ここじゃなきゃできないことがしたいわ」

「これほどの田舎に来るなんて、そうそうあることじゃないからな。私も自然を感じたいぞ」

二人はそう言って、田舎ならではのレジャーを希望した。

「うーん、そうだな……。それなら、釣りなんてどうだ？　自然を堪能《たんのう》できるし、小腹満たしにもなる」

「それいいかも！　賛成！」

「名案だな。異存はない」

予定が決まったところで、早速行動を開始する。

「ポーラさん、俺が作った釣り竿《ざお》とかって、まだ残ってたりしませんか？」

「あぁ、あれなら倉庫にしまってあるよ。適当に持って行くといい」

「ありがとうございます」

それから俺は、リアとローズを連れて倉庫へ向かった。

「よっこらせっと……っ」

巨大な鉄製の扉をギィと開けば、だだっ広い空間が視界一面に広がった。

謎の絵画・厳《いか》めしい石象・分厚い古書などなど……。相変わらずここには、本当にいろいろなものがある。

「ほぇー……。なんだか博物館みたいな場所ね」

「考古学には明るくないが……。歴史的に価値のありそうなものが、ゴロゴロと転がっているな」

初めて倉庫に入ったリアとローズは、興味深そうにキョロキョロと周囲を見回している。

俺はそんな中、目当てのものを捜し歩く。

「釣り具は……っと、あったあった」

真っ直ぐ向かって突き当たり、大きな棚に立て掛けるような形で、たくさんの釣り竿がズラリと並べられてあった。

ちなみに……この竿は全て俺の手作りで、木の幹から削り出したものだ。

ポーラさんと一緒に釣りに行くとき、彼女が勢い余って竿を握り潰すことが多々あったので、予備の竿を大量に作ったのである。

「これと、これと……後は、これだな」

三人分の釣り竿・予備の釣り針・木製の小椅子《こいす》を取ると同時――棚の上から、古ぼけた写真がひらひらと落ちてきた。

「ん……これは……？」

そこに写っていたのは、線の細い美少女。

撮影された場所は……多分、この寮の玄関だ。

「あら、凄《すご》い美人さんね」

「ここに住んでいた学生だろうか？」

横合いから覗《のぞ》き込んできたリアとローズは、そんな感想を口にする。

「うーん……よくわからないけど、他人さんの写真を見過ぎるのもあれだし、元の場所に戻しておこう」

謎の古びた写真を戸棚の上にそっと置き、だだっ広い倉庫を後にした。

「さて、残りはっと」

俺が『釣りに必要なもののリスト』を頭の中でピックアップしていると、ポーラさんからお呼びの声が掛かる。

「――アレン、ちょっとこっちへおいでさね」

「はい、なんでしょうか」

「ほら、準備しておいたよ」

ポーラさんはそう言って、玄関口に目を向ける。

するとそこには、特製の練り餌・包丁・簡単な調味料などなど、ちょうど探していたものが取《と》り揃《そろ》えられていた。

「すみません、わざわざありがとうございます」

「いいってことよ。ガンガン釣ってきな！」

「はい」

それから俺たちは、寮の裏手にある川へ向かう。

「――よし、着いた」

「わぁ、綺麗《きれい》な水……！」

「凄い透明度だ、川底まではっきりと見えるぞ！」

リアとローズはそう言って、キラキラと眼《め》を輝かせた。

「二人とも釣りをやったことは？」

「お父さんと何度かあるぐらいね」

「私も軽く嗜《たしな》む程度だな」

「そうか、それなら大丈夫そうだ」

ここの魚たちは、とても警戒が薄い。

まったくの素人《しろうと》じゃないなら、面白いぐらいに釣れるだろう。

それから俺たちは、釣り針に特製の練り餌《え》を付け、水面にそっと糸を垂らした。

数分後——俺の竿がピクンと揺れる。

「ぃよっと」

勢いよく振り上げると同時、美しい白魚《しらうお》が水面から飛び出した。

「まずは一匹だな」

今釣り上げたのは、この辺りに群生《ぐんせい》する川魚——『アミュ』、今回のメインターゲットだ。

俺はその口元から釣り針をサッと外し、予《あらかじ》め水を溜《た》めておいたバケツの中に入れる。

「うわぁ、活《い》きのいいアミュ！　とってもおいしそう！」

「うむ、中々いい肉付きをしているな」

それから一時間ほど、みんなで釣りを楽しんだ結果が——これだ。

「一・二・三……十四か。けっこう釣れたな」

バケツの中には、活きのいいアミュたちが元気よく泳いでいる。

「ふふっ、大漁ね！」

「これだけ釣れると気持ちがいいな」

リアとローズもかなり上機嫌だ。

「ところでアレン……これって、どうやって食べるのかしら？」

「アミュは使い勝手のいい魚だ。お刺身にしてもコリコリしてておいしいし、お味噌汁《みそしる》に入れても出汁《だし》が出てうまい、煮付けなんかでもよく使われる。ただ今回は、釣ったばかりの新鮮さを活かして、『塩焼き』にしようと思う」

俺がそんな考えを述べると、

「塩焼き！」

「ほぉ、それはまた乙だな」

二人はそう言って、子どものように目を輝かせた。

「それじゃ、早速下拵《したごしら》えと行こうか」

バケツからアミュを一匹摑《つか》み、手早く作業に入る。

まずは鱗《うろこ》を包丁でこそげ取り、川の水で表面のヌメリを洗い流す。

その後はキッチンペーパーで水気を拭き取り、全体に薄く塩をまぶしていく。

最後にしっかりと串打《くしう》ちをすれば――準備完了だ。

「へぇ、凄く手際《てぎわ》がいいのね」

「アレンは料理もできるのか」

「まぁ、田舎育ちだからな」

二人の称賛に対し、苦笑いで応じる。

ゴザ村のような限界集落で育てば、嫌でも勝手に生活力が身に付く。何せ農耕牧畜から炊事洗濯まで、一人でやらなければならないことがべらぼうに多いからだ。

「さて、後は火起こしだな」

俺が適当に枯れ葉やら枝やらを適当に見繕《みつくろ》っていると、リアがぴょこんとアホ毛を立てる。

「火元なら任せてちょうだい」

彼女が軽く人差し指を振るうと、白と黒の炎がボッと吹き、あっという間に火が付いた。

「ふっふっふっ。わざわざ魂装を展開しなくても、これぐらいお手の物よ」

「ありがとう、助かるよ」

焚火《たきび》を囲うようにして、串打ちしたアミュを並べ、それからしばらく待つと――焼き魚特有の芳《こう》ばしいにおいが立ち昇りはじめた。

「よしよし、いい感じに焼けてきたぞ」

「こ、このかおり……たまらないわね……!」

「あぁ、食欲をそそるな」

およそ一分後、表面の皮が狐色《きつねいろ》を帯び、まさに今が食べ頃となったそのとき、

「「――いただきます」」

俺たちは両手を合わせ、アミュの塩焼きにかぶりついた。

（おっ、これはうまい……！）

脂の乗ったぷりっぷりの身とほどよい塩っけが合わさり、旨味《うまみ》の相乗効果を奏《かな》でている。

「ん～っ！　こんなにおいしいアミュ、生まれて初めて食べたわ！」

「なるほど、確かにこれは絶品だ……！」

俺とローズでそれぞれ一匹ずつ、リアが残りの八匹を全てペロリと平らげた。

「「――ごちそうさまでした」」

再び両手を合わせて、自然の恵みに感謝。

「それにしても、おいしかったなぁ」

「うん！　でも、ちょっと喉が渇いちゃったわね」

「私もだ。塩みのあるものを食べたからだろう」

言われてみれば、確かに俺も少し喉が渇いている。

「ねぇアレン、この川の水って飲めるのかしら？」

「見たところ、かなり綺麗なようだが……？」

「あぁ、もちろん大丈夫だ。でも今回は、あれにしよう」

俺はそう言って、前方の大木を指さした。

「あれって……なんのこと？」

「あの木がどうかしたのか？」

二人は不思議そうな表情で、コテンと小首を傾《かし》げた。

「あはは、木じゃなくてこれだよ」

俺は大木の方へ移動し、その幹に絡《から》み付いた太い蔓《つる》を手に取る。

「トプの蔓。この蔓は深くまで根を張り、地下水を吸い上げて、それを貯《た》め込む性質がある。だからこうして、蔓を切ってやると……ほら、出て来たぞ」

蔓の切断部から、トプトプと綺麗な水が溢《あふ》れ出す。

俺はすかさずそれを口へ運び、ひんやりとしたおいしい水を堪能《たんのう》する。

「あー……うまい！」

これがほんと、たまらなくおいしいのだ。

「な、中々ワイルドな絵面《えづら》ね……っ」

「アレンはどこでも生きていけそうだな……っ」

「ほら、二人もやってみなよ」

リアとローズはお互いに視線を交わし、意を決したようにコクリと頷《うなず》く。

それぞれの剣でトプの蔓を両断し、水の溢れ出すそれをハムッと咥《くわ》えた。

すると次の瞬間、

「ん……！」

「これは……っ」

二人はビクンと顔を上げたかと思うと、凄《すさ》まじい勢いでごくごくと飲み始める。

「どうだ、中々いけるだろ？」

「これ、凄い！　ほんのりとした、自然な甘味《かんみ》……！　駄目、無限に飲めちゃうわ！」

「塩っけの口に優しい飲み口……これは病みつきになってしまうな！」

リアとローズはそう言って、トプの蔓を頬張った。

「ちょ、ちょっとストップ！　トプの茎から出る水には、けっこうな果糖が含まれているから、あんまり飲み過ぎると体に毒だぞ⁉」

「で、でも……これ、おいしぃの……っ」

「もうちょっと、もうちょっとだけ……っ」

甘い水を欲しがる二人を鎮《しず》めるのは、けっこう大変な作業だった。

その後、森の中を散策したり、薪割《まきわ》り大会をやったり、都会じゃ中々できないレジャー体験を楽しんだ。

「――ポーラさん、ただいま帰りました」

「おぉ、おかえり！　どうさ、楽しめたかい？」

その問い掛けに対し、俺たちは即座に返答。

「はい」

「とっても面白かったです！」

「中々に有意義な時間だった」

「はっはっはっ、そりゃよかった。もうじき晩ごはんができるから、ちょぃと待っといておくれ」

俺たちはその言葉に甘えて、食卓の椅子に腰を下ろす。

それから少しすると、あっという間に晩ごはんの準備が調った。

「こ、これは凄《すご》いな……っ」

「うわぁ、おいしそう……！」

「なんという力強さだ……ッ」

食卓には特大のロールキャベツ・超大盛りの焼き飯・迫力満点の豚の丸焼きなどなど、ポーラさんらしい豪快な料理が、これでもかというほどにズラリと並ぶ。

「ふふっ、まだまだたくさんあるからね！　遠慮せず、たぁんと食いな！」

「「「――いただきます」」」

みんなで両手を合わせて食前の挨拶。

俺は目の前にあったロールキャベツに箸を伸ばし、肉厚のそれをひと思いに頬張る。

「……ッ！」

――うまい。とにかく、ひたすらにうまかった。

暴力的なキャベツの甘みが、口の中でゴウッと吹き荒れる。

本来はメインであるはずの挽肉《ひきにく》を押しのけ、まるで「主役は自分だ」とばかりに主張してくるこの味は、間違いなくゴザ村産のものだ。

「な、なんて破壊力なの……!?」

「このロールキャベツ、ただものではないぞ!?」

リアとローズは興奮した様子で、口々にそんな感想を漏らす。

「ふふっ、うまいだろう？　ゴザ村の野菜は、どれも一級品だからね！」

ポーラさんはニッと微笑《ほほえ》み、とても嬉《うれ》しいことを言ってくれた。

それからハンバーグ・焼き飯・ビーフシチューなど、ポーラさんの絶品料理に舌鼓《したつづみ》を打つ。

「「「──ごちそうさまでした」」」

「あいよ、お粗末様でした」

今の状態を端的に述べるのならば……満たされたお腹《なか》、これぞまさに満腹だ。

（いやぁ、我ながらよく食べたな……）

あまりにもおいしかったので、ちょっとばかし食べ過ぎてしまった。

「はふぅー、おいしかったぁ。さすがにもうお腹いっぱいかも……っ」

凄まじい食べっぷりを披露したリアは、満足そうにお腹のあたりをさする。

「リアちゃん、あんたいい食いっぷりだね！　こんだけ綺麗《きれい》に平らげてくれたら、作ってる方も嬉しいよ！」

リアとポーラさんはウマが合うらしく、二人で楽しそうに話し込んでいた。

その間、俺とローズはどの料理が一番おいしかったかやゴザ村でイチオシの野菜など、ちょっとした雑談に花を咲かせる。

そうして軽い休憩を挟んだ後は、大浴場で汗と疲れを洗い流した。

お風呂《ふろ》を済ませてパジャマに着替えてからは、俺の部屋に集まってトランプやボードゲームなどをみんなで一緒に楽しんだ。

「っと、もうこんな時間か」

「楽しい時間というのは、あっという間に過ぎてしまうものだな」

時刻は深夜零時。

そろそろ寝ないと、明日以降に響いてしまう。

「名残惜しいけど、お開きにするか」

「うん、寝不足はお肌の大敵だものね」

「あぁ、こればかりは仕方ないな」

散らかった部屋をサッと片付け、リアとローズを送り出す。

「それじゃ、おやすみ」

「おやすみなさい、アレン」

「おやすみ、アレン」

二人はそう言って、それぞれの部屋に戻っていた。

その後、手早く寝支度を済ませた俺は、懐《なつ》かしのベッドに潜り込む。

（ふう……なんだかんだで、けっこう疲れが溜《た》まっているな）

長距離移動＋大自然のレジャー体験＋みんなでテーブルゲーム、冷静に思い返してみれば、思いっ切り遊び倒した一日だ。

「えっ、嘘《うそ》⁉」

今まではちょっとした興奮状態だったため、疲労なんかなんのそのだったが……。横になって落ち着いたら、疲れが一気に押し寄せてきた。

(里帰りできなかったのは残念だけど、今日は本当に楽しかったなぁ……)

こんな毎日が、この先もずーっと続けばいいのになと思う。

俺は幸せな気持ちいっぱいで、気持ちよく入眠しようとしたのだが……ここに一つ、問題があった。

「……なんか、ちょっと寂しいな」

チラリと横に目を向けてみると、当然そこにリアの姿はない。

いつもの寝息が、いつもの温かみが、いつもの安心感が、どんなときも隣にいる存在が――いない。この現状に対し、俺は強烈な物足りなさを感じた。この大きなベッドが、とても広く冷たいように思えた。

(こういうのを『人肌が恋しい』って言うのかな……?)

ぼんやりそんなことを考えていると、喉の奥から大きな欠伸《あくび》が出てきた。

さすがにそろそろ、限界が近いみたいだ。

「ふわぁ……寝よう……」

俺はゆっくりと瞼《まぶた》を下ろし、深い微睡《まどろ》みの中に沈んでいくのだった。

■

翌朝――食卓に歓喜の声が響く。

「――おいしい！　デリシャスっ！　美味《びみ》ッ！」

「はっはっはっ、本当に作り甲斐《がい》のある子だねぇ！　そぉら、おかわり追加だ！　どんどん食いな！」

「うわぁ、ありがとうございます！」

そんなリアとポーラさんの騒がしいやり取りを横目に見ながら、俺とローズは静かにもしゃもしゃとパンを食《は》む。

「……朝っぱらから、よくあんなに食べられるなぁ」

リアとの共同生活を始めて早一年、これまで幾度となく眼《め》にしてきた光景だけど、何度見ても凄まじい食べっぷりである。

「ふわぁ……っ。あれだけ好き放題に食べて、あの理想的なスタイルを維持できるのだから、本当に羨ましいものだ……」

いまだ寝ぼけまなこのローズが、羨ましそうにポツリと呟《つぶや》いた。

「理想的なスタイル……。ローズもやっぱり、体形には気を配っているのか？」

「あぁ。食事制限はもちろん、お風呂でも胸部のマッサージを……って、何を言わせるっもりだ!?」

「あ……ごめん……っ」

なんか自然な流れだったので、うっかり普通に聞いてしまった。

当然ながら、女性に体形のことを尋ねるのはNG。これは古《いにしえ》の書物にも記されてある常識だ。

もう二度と同じ過《あやま》ちを犯さぬよう、きっちり反省しなければならない。

そんなこんなで、あっという間に時は流れていき――時刻は午前十時三十分、そろそろオーレストに帰る時間だ。

「――えっなんだぃ、もう帰るのかぃ？　そんなに急がなくとも、お昼ぐらい食べていきゃいいのに……」

ポーラさんはそう言って、しょんぼりと眉を落とした。

「すみません……。でも、明日から新学期が始まるので、今日はちょっと早めに帰って、ゆっくりと準備しようかなと思います」

「そうか、そりゃ仕方ないね」

彼女が納得してくれたところで、俺はリアとローズに目を向ける。

「さて、と……二人とも、忘れ物はないか？」

「うん、大丈夫」

「こちらも問題ない」

みんなの帰り支度が済み、いよいよ出発しようかという頃――俺はどうしても気になっていることがあったので、それとなく聞いてみることにした。

「あの……ポーラさん、ちょっといいですか？」

「なんだい？」

「……ゴザ村はありますよね？　村として、ちゃんと存在していますよね？」

次の瞬間、彼女の表情がハッと強張《こわば》った。

「アレン……あんた、熱でもあるのかい？」

ポーラさんはとても心配そうな表情で、俺の額に右手を添える。

どうやら頭がおかしくなったのか、と思われてしまったらしい。

「す、すみません。変なことを聞いちゃいました、今のは忘れてください」

俺の心に引っ掛かっていたのは、天子様がいつか口にしたあの言葉――。

【『ゴザ村』なんて領地は、この国には存在しない】

きっとあれは、彼女の覚え違いか何かだろう。

「なんだかよくわからないけど、とにかく体にだけは気を付けるんだよ？　あんたは昔から、どっか無茶をするところがあるからね」

「はい、お気遣いありがとうございます」

俺がペコリと頭を下げると同時、リアとローズもお別れの挨拶を口にする。

「ポーラさん、おいしいごはん、ありがとうございました！」

「世話になった。感謝する」

「あぁ、リアちゃんもローズちゃんも、またいつでも遊びに来るといい！　そんときはまた、うまいメシをたらふく食べさせてやるからね！」

こうしてポーラさんと別れた俺たちは、オーレストの街へ帰るのだった。

■

アレン・リア・ローズがオーレストに出発してから数時間後、ポーラ＝ガレッドザールのもとに邪悪な魔の手が迫っていた。

「ふぅ……」

大量の洗濯物を取り入れたポーラが、慣れた手付きで畳んでいると――ドンドンドンと荒々しいノックが鳴り響く。

強く荒々しいその音は、明らかな『異常事態』を報《しら》せていた。

「……えらく騒がしいね」

ただならぬ気配を感じ取った彼女は、護身用に愛用のフライパンを握り、のっそのっそと玄関へ向かう。

「そんなに叩《たた》かなくとも聞こえてるよ」

扉を開けるとそこには――信じられない光景が広がっていた。

「な、なんだいあんたたちは……!?」

寮の全周《ぜんしゅう》をグルリと取り囲むのは、黒の外套《がいとう》を纏《まと》った剣客集団、その数はざっと百人以上にのぼる。

ポーラが動揺を隠せずにいると、集団を率いる屈強な男が、一歩前に踏み出した。

「貴様がポーラ＝ガレッドザールだな？」

「……そういうあんたは、どこのどなたさんだい？」

「これは失礼した。俺は神託の十三騎士ヲートリウス＝トライゲートという者だ」

ヲートリウス＝トライゲート、三十五歳。

身長は約二メートル。十三騎士の中でも生粋の武闘派であり、屈強な肉体を誇る偉丈《いじょう》夫《ふ》だ。獅子《しし》の如《ごと》く猛《たけ》った赤髪・龍を思わせる鋭い瞳・鷲《わし》のように高い鼻、どこに出しても恥ずかしくない強面《こわもて》である。

彼は現在、『皇帝直属の四騎士に最も近い男』と評される腕利《うでき》きの剣士だ。

「神託の十三騎士……なるほど、最近世間を騒がせている、あの厄介集団か……」

「ほぉ、我々のことを知っているのか？」

「あれだけラジオや新聞を賑《にぎ》わせていたら、誰だって嫌でも知ることになるよ」

「ふっ、それもそうだな」

両者の視線がぶつかり合い、険呑《けんのん》な空気が流れる中――気の強いポーラが、先に口火を切る。

「それで……神託のなんちゃら様が、このあたしになんの用だい？」

「我々は現在バレル様の勅命《ちょくめい》を受け、アレン＝ロードルの身辺調査を進めている。しかしこれが、中々に難航していてな……。いったいどういうわけか、奴《やつ》の経歴や素性には極めて不自然な点が多いのだ。こんな虚《きょ》と実《じつ》の混淆《こんこう》したもの、陛下に奏上《そうじょう》することはできん。特に中等部以前の記録が酷《ひど》く、何者かによる作為的な情報操作が見られた」

ヲートリウスはそう言って、現在の状況を簡単に説明した。

「そこで我々は、大きく調査方針を転換。中等部時代のアレン＝ロードルを知る者と接触し、直接話を聞くことにしたのだ」

「なるほど、それがあたしってわけか」

「あぁ、そうだ。アレン＝ロードルはグラン剣術学院に通っていた三年間、この寮で生活していた――相違《そうい》ないな？」

「あぁ、それがどうかしたかい」

「ふぅ……ようやく『当たり』を引けたようだ。では早速、本題に入らせてもらおう。奴の周辺で、人を食ったような老爺《ろうや》を――『奇妙なボタン』を見なかったか？」

ヲートリウスは鋭く目を光らせ、いきなり核心を突く質問を投じた。

それに対し、ポーラはあっけらかんとした様子で軽く答える。

「さぁ、知らないね」

「……本当か？　隠しても、益《えき》はないぞ？」

「ったく、馬鹿な男だねぇ。万が一知っていたとしても、あんたらのような危険な連中に教えるわけないだろう。ちょっとは頭を使ったらどうだい？」

「ふむ……そうか。では、無理矢理にでも吐かせるとしよう」

ヲートリウスの全身が隆起《りゅうき》し、凄《すさ》まじい殺気が解き放たれた。

「……」

「……」

張り詰めた空気が流れる中、善意からの忠告が発せられる。

「……ポーラ＝ガレッドザール、貴様のような気の強い女は嫌いじゃない。それ故、ことに先んじて言っておこう。うちの組織は、女に加減をするほど温《ぬる》くない。これから貴様はベリオス城へ連行され、凄惨な拷問を受けることになる。死よりも苦しい激痛が、寝る間もなく襲い掛かるのだ。そんな責め苦を味わうぐらいならば、ここで全てを吐いてしまった方が楽だぞ？」

「はっ、何をいうかと思えば……。アレンは三年間、うちで面倒を見てきた大切な寮生だ。うちの可愛《かわい》い子を売るぐらいなら、舌を噛《か》み切って死んだ方がマシだね！　そんな安い脅しで屈するほど、あたしは腑抜《ふぬ》けちゃいない――寮母舐《な》めんじゃないよッ！」

ポーラの力強い雄叫《おたけ》びが、辺り一帯に木霊《こだま》する。

そこには彼女の強い覚悟が、寮母としての誇りが籠っていた。

「……そうか、一応忠告はした。恨むのならば、軽率な判断をした愚かな自分を恨め」

刹那《せつな》、ヲートリウスの体が霞《かすみ》に消え、

「――ぬうん！」

ポーラの鳩尾《みぞおち》に強烈な右ストレートが突き刺さった。

凄まじい破裂音が響く中――。

「……な、ぜ……ッ」

漏れたのは戸惑いの声。

滲《し》み出すは凄まじい激痛。

ヲートリウスが視線を落とすとそこには、ぐしゃぐしゃにへし折れた、自らの右腕があった。

「～～ッ」

痛みを理性で噛み殺しながら、すぐさま大きく後ろへ跳び下がる。

「はぁはぁ……っ。ポーラ、貴様いったい何をした⁉」

「別に、何も。レディのお腹《なか》に手を伸ばすから、罰が当たったんじゃないかぃ？」

「くっ、戯言《ざれごと》を……っ。――おい、何をやっている！　さっさと掛かれ！」

「「「はっ！」」」

上官の命令を受け、三人の構成員たちがポーラのもとへ殺到する。

「這《は》い千切れ、〈憑き者断ち《ストーク・バイト》〉！」

「延々惑《えんえんまど》い無垢《むく》となれ、〈六楼閣の忘却娘《ラーシュ・オブリヴィオン》〉！」

「空《から》の玉座に朱《しゅ》を垂らせ、〈帝王の血盟《エンペラー・ルール》〉！」

彼らはヲートリウスから最も信を置かれる忠臣であり、それぞれが単独で街一つ落とせるほどの優秀な魂装使い。

絶望的な大戦力が迫る中、

「……まったく、あたしも舐められたもんだねぇ」

ポーラの呆《あき》れたような呟《つぶや》きが、春風に乗って消えた。

次の瞬間、

「「「……は？」」」

愛用のフライパンは音速をぶっちぎり、迫り来る三本の魂装をいとも容易《たやす》く粉砕した。

「そ、そんな馬鹿な……へぶっ!?」

「いったい何が……ッ」

「あり得な……ごふ……っ」

振り下ろされるは、三度《みたび》の拳骨《げんこつ》。

本来それは、子どもを叱り付けるときに放たれるようなものだが……。

ポーラという筋肉の化物が放った場合に限り、文字通り『必殺の一撃』と化す。

「……ガルフ、グリオス、ダールトン……？」

ヲートリウスは、我が目を疑った。

悪い夢でも見ているのかと思った。

最も信頼する三人の側近が、ただの拳骨で戦闘不能――地面に体をめり込ませ、失神しているこの現状を理解できなかった。

「貴様、いったい何者だ!?」

「寮母だ」

ヲートリウスの問いに対し、ポーラは即答する。

「ぐっ、ふざけたことを……ッ」

彼は奥歯を噛《し》み締めながら、背中に隠した左手でハンドサインを送った。

それを受けた構成員の一人は、耳に装着した小型の無線を起動し、本部へ連絡を試みる。

「り、リーンガード皇国より緊急連絡！　アレン＝ロードルのいた寮には、とんでもない化物が――」

「――おっと、そうはさせないよ」

ポーラが人差し指を振り下ろすと同時、まるで鳥籠《とりかご》のような巨大な檻《おり》が、遥《はる》か天空より振り落ちた。

圧倒的大質量の落下によって地面は激しく揺れ動き、そこに秘められた莫大《ばくだい》な霊力のせいで無線の電波はかき乱される。

「くそっ、なんで繋《つな》がらないんだ……!?」

本部との通信が切断され、構成員の口から困惑と怒りの叫びが飛ぶ。

「あたしの能力は、ちょいと目立つからね。さっさと終わらせちまうよ」

ポーラがゴキッと首を鳴らせば、愛用のフライパンは形を変え、漆黒のガントレットと化した。

ポーラ＝ガレッドザール、その二つ名は――『鉄血』。

かつて黒拳レイア＝ラスノートたちと共に、千刃学院の黄金世代を支えた国家戦力級の女であり、ハプ＝トルネを唸《うな》らせるほどの『超剛筋』を誇る無刀《むとう》の女剣士だ。

「……ッ（現実離れした珠玉の肉体。圧倒的な存在の密度。そして極め付きは、この馬鹿げた霊力……っ。こいつは間違いなく、皇帝直属の四騎士クラス……ッ）」

ヲートリウスは警戒度を最大まで引き上げ、速やかに全隊へ命令を発する。

「囲め！　数の利を活《い》かすのだ！」

百人もの剣客集団に包囲されたポーラ。彼女はグルリと辺りを見回し、小さくため息を零す。

「まったく……。大の男が雁首《がんくび》並べて、か弱いレディを取り囲む。……恥ずかしくないのかい？」

「……貴様のようなレディがいてたまるか……っ」

そこから先の戦いは、あまりにも一方的だった。

ヲートリウスの部下たちは、次々に決死の突撃を仕掛けるが……。

「うぉおおおおおおお……へぶっ!?」

「はぁあああああああ……ご、は……っ」

「ぜりゃぁああああああ……げふっ」

ポーラはそれを千切っては投げ千切っては投げ、まるで赤子の手を捻《ひね》るかのように、いとも容易く制圧していった。

（……無理だ……こんなの、人類が勝てる相手じゃない）

彼らが感じたのは、生物としての絶対的な差。

餌と捕食者――自分たちが狩られる側であることを嫌というほどに思い知らされた。

その後、百人以上の剣客集団は、三分と経《た》たずに完全壊滅。

最後の一人であるヲートリウスは今、全霊力を込めた渾身《こんしん》の斬撃を解き放とうとしていた。

「貫《つらぬ》き穿《うが》て――獣王閃獄葬《じゅうおうせんごくそう》ッ！」

全身全霊のその一撃は――。

「はぁ……まだやるのかい？」

ポーラの腹筋を前にして、脆《もろ》くも砕け散った。

「何故《なぜ》、通らぬ……っ」

「あんた、馬鹿だねぇ……。あたしの腹筋に刃が通るとでも?」

「この化物、が……ッ!?」

返す刀のボディブローを受け、ヲートリウスの意識は暗闇の中に沈んだ。

「ったく……このあたしを落としたきゃ、最低でも真装使いを連れてきな! ――寮母舐めんじゃないよ!」

その後、ポーラは組織の構成員を荒縄で拘束し、知り合いの聖騎士へ連絡――数日後、身柄の回収に来てもらう約束を取り付けた。

そうして降りかかる火の粉を払いのけた彼女は、複雑な表情で地平線の彼方《かなた》を見つめる。

「……急ぎな、ダリア……。もう隠し切れなくなっているよ」

ポーラの瞳は、はアレンの母ダリア゠ロードルが今なお必死で『作業』を進める、公式には存在しないはずのゴザ村の方へ向けられていた。

あとがき

読者の皆様、『一億年《いちおくねん》ボタン』第九巻をお買い上げいただき、ありがとうございます。作者の月島秀一《つきしましゅういち》です。

早速ですが、本編の内容に触れていこうかなと思います。「あとがきから読むぜ」という方は、この先ネタバレてんこ盛りになっておりますので、ご注意くださいませ。

第九巻は、『桜の国チェリン編の後編』＋『宮殿会議と里帰り』の二部構成。前巻のあとがきにも記載していた通り、一億年ボタン史上最高の死闘が展開されました。

元皇帝直属の四騎士ディール＝ラインスタッド、裏切りの七聖剣フォン＝マスタング——二人の真装使いとの激しい連戦！　真装という絶対的な力に押されたアレンは、リアの殺される瞬間を見せ付けられ……間違った方法で『道』と接続、『無限の闇』を引き出し、ディールとフォンを圧倒しました。

ゼオン・闇・ロードル家の封印——物語の根幹に迫る事象が目白押しで、書いていてとても楽しかったです。

そして最終盤に登場したポーラ＝ガレッドザール！　本編の最初期から登場する彼女、実はバリバリの『関係者』でした。アレンの母やゴザ村とも深く繋《つな》がっており、時の仙人と一億年ボタンについても知っています。

登場するたびに巨大化しているポーラですが、その実力は作中トップクラス！　きっとこの先、凄《すさ》まじい戦いっぷりを見せてくれることでしょう。

お次は『皇族派と貴族派』編がスタート！　アレンに既に差し向けられていたあの刺客や懐《なつ》かしのあのキャラが再登場！　騒がしい日常の中、途轍《とてつ》もない死闘が勃発⁉　どうぞお楽しみに！

さてさて、残りのページが少なくなってきたところで、以下、謝辞に移らせていただきます。

イラストレーターのもきゅ様・担当編集者様・校正者様、そして本書の制作に協力してくださった関係者のみなさま、ありがとうございます。

そして何より、一億年ボタン第九巻を手に取っていただいた読者のみなさま、本当にありがとうございます。

それではまた、次巻でお会いできることを願っております。

月島　秀一

富士見ファンタジア文庫

一億年《いちおくねん》ボタンを連打《れんだ》した俺《おれ》は、気付《きづ》いたら最強《さいきょう》になっていた9

～落第剣士《らくだいけんし》の学院無双《がくいんむそう》～

令和4年4月20日　初版発行

著者――月島秀一《つきしましゆういち》

発行者――青柳昌行

発　行――株式会社KADOKAWA
〒102-8177
東京都千代田区富士見2-13-3
0570-002-301（ナビダイヤル）

印刷所――株式会社暁印刷

製本所――本間製本株式会社

ISBN978-4-04-074446-9 C0193　◇◇◇

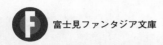

騙しあい。

各国がスパイによる戦争を繰り広げる世界。任務成功率100%、しかし性格に難ありの凄腕スパイ・クラウスは、死亡率九割を超える任務に、何故か未熟な7人の少女たちを招集するのだが——。

シリーズ
好評発売中！

ファンタジア文庫

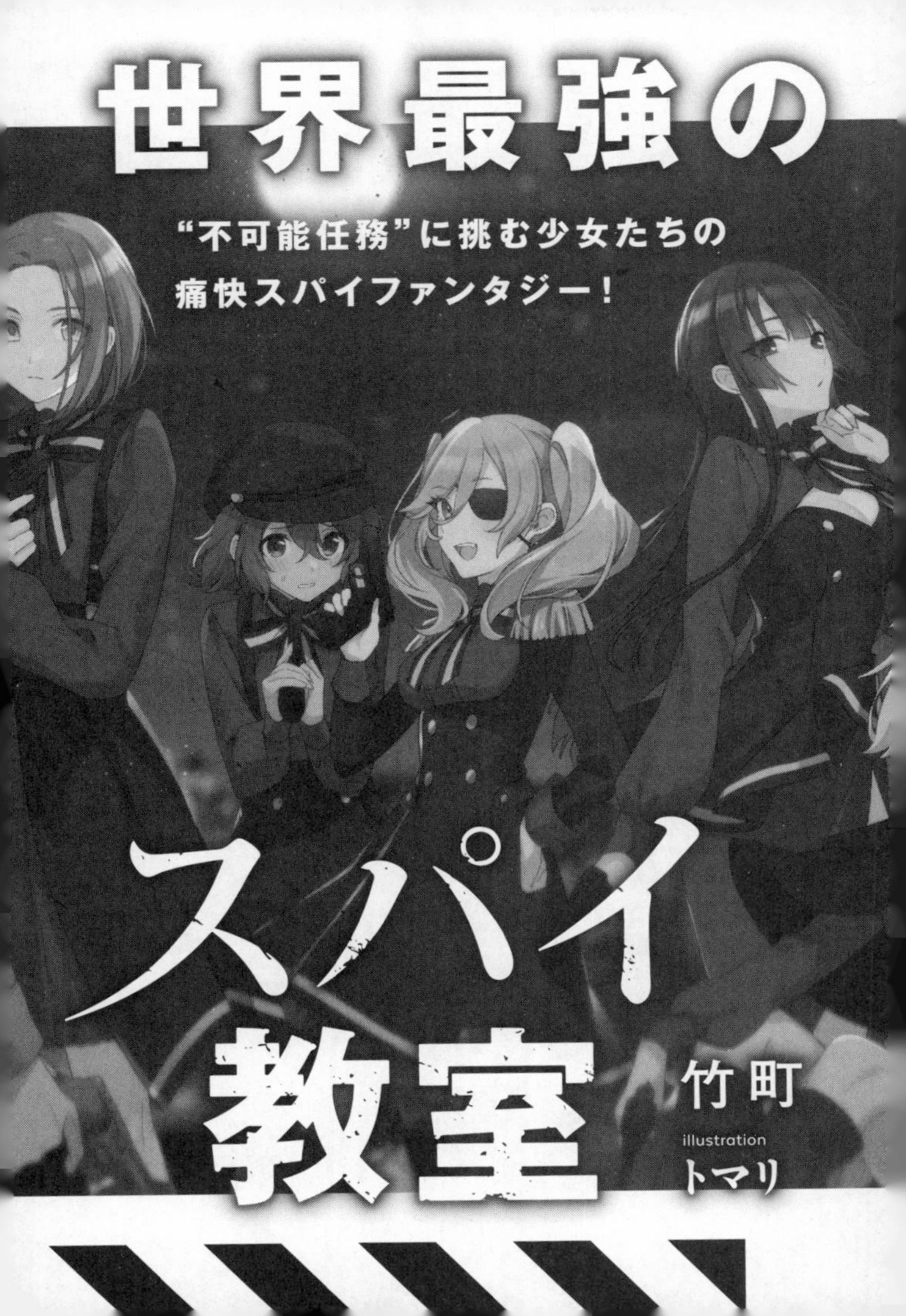
世界最強の
“不可能任務”に挑む少女たちの
痛快スパイファンタジー！
スパイ教室
竹町
illustration
トマリ

これは世界を救う
久遠崎彩禍。三〇〇時間に一度、滅亡の危機を迎える世界を救い続けてきた最強の魔女。そして——玖珂無色に身体と力を引き継ぎ、死んでしまった初恋の少女。
無色は彩禍として誰にもバレないよう学園に通うことになるのだが……油断すると男性に戻ってしまうため、女性からのキスが必要不可欠で!?
シン世代ボーイ・ミーツ・ガール!
1
王様のプロポーズ
King Propose
橘公司
Koushi Tachibana
[イラスト]——つなこ

最強の初恋
シリーズ
好評発売中!
ファンタジア文庫

天上優夜《てんじょうゆうや》
異世界でレベルアップした結果、最強の身体能力を手に入れた少年
この少年
すべてが
シリーズ好評発売中！

チートすぎる

異世界でチート能力《スキル》を手にした俺は、現実世界をも無双する

～レベルアップは人生を変えた～

I got a cheat ability in a different world, and became extraordinary even in the real world.

著：美紅
イラスト：桑島黎音

幼い頃から酷い虐めを受けてきた少年が開いたのは『異世界への扉』だった！　初めて異世界を訪れた者として、チート級の能力を手にした彼は、レベルアップを重ね……最強の身体能力を持った完全無欠な少年へと生まれ変わった！　彼は、2つの世界を行き来できる扉を通して、現実世界にも旋風を巻き起こし――!?　異世界×現実世界。レベルアップした少年は2つの世界を無双する！

ファンタジア文庫

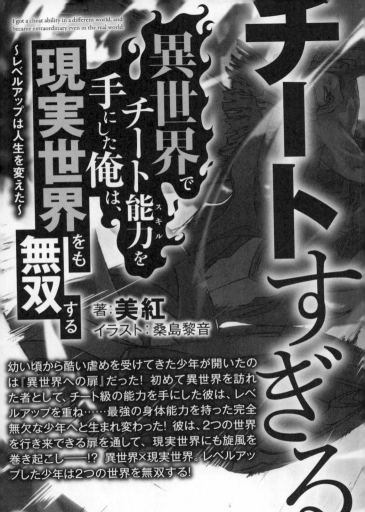

ファンタジア文庫
イスカ
帝国の最高戦力「使徒聖」の一人。争いを終わらせるために戦う、戦争嫌いの戦闘狂
女と最強の騎士
二人が世界を変える——
帝国最強の剣士イスカ。ネビュリス皇庁が誇る魔女姫アリスリーゼ。敵対する二大国の英雄として戦場で出会った二人。しかし、互いの強さ、美しさ、抱いた夢に共鳴し、惹かれていく。たとえ戦うしかない運命にあっても——
シリーズ好評発売中！

ティナ
四大公爵家のひとつ、ハワード家に生まれた公女殿下。なぜか誰でも扱える程度の魔法すら使うことができない。
変えるはじめましょう
アレン
公爵令嬢ティナの家庭教師を務めることになった青年。魔法の知識・制御にかけては他の追随を許さない圧倒的な実力の持ち主。
発売中!

公女殿下の家庭教師

Tutor of the His Imperial Highness princess

あなたの世界を魔法の授業を

STORY 「浮遊魔法をあんな簡単に使う人を初めて見ました」「簡単ですから。みんなやろうとしないだけです」 社会の基準では測れない規格外の魔法技術を持ちながらも謙虚に生きる青年アレンが、恩師の頼みで家庭教師として指導することになったのは『魔法が使えない』公女殿下ティナ。誰もが諦めた少女の可能性を見捨てないアレンが教えるのは——「僕はこう考えます。魔法は人が魔力を操っているのではなく、精霊が力を貸してくれているだけのものだと」常識を破壊する魔法授業。導きの果て、ティナに封じられた謎をアレンが解き明かすとき、世界を革命し得る教師と生徒の伝説が始まる!

シリーズ好評

ファンタジア文庫

切り拓け!キミだけの王道
ファンタジア大賞
原稿募集中!
賞金
《大賞》300万円
《金賞》50万円
《銀賞》30万円
選考委員
細音啓 「キミと僕の最後の戦場、あるいは世界が始まる聖戦」
橘公司 「デート・ア・ライブ」
羊太郎 「ロクでなし魔術講師と禁忌教典《アカシックレコード》」
ファンタジア文庫編集長
前期締切 8月末日
後期締切 2月末日
公式サイトはこちら! https://www.fantasiataisho.com/